集英社オレンジ文庫

抗えない男

～警視庁特殊能力係～

愁堂れな

本書は書き下ろしです。

抗えない男

警視庁特殊能力係

ARAGAENAI OTOKO

Rena Shuhdoh

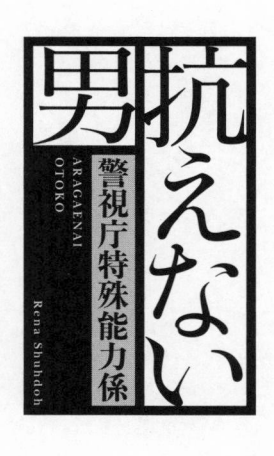

1

「増員！　『特能《とくのう》』にですか!?」

神保町《じんぼうちょう》は中華の名店『三幸園《さんこうえん》』三階の個室に、麻生瞬《あそうしゅん》の声が響き渡る。

「声が大きい」

眉間《みけん》に縦皺《たてじわ》を寄せ、瞬に注意を与えたのは瞬の上司である徳永潤一郎《とくながじゅんいちろう》だった。

二人は警視庁捜査一課勤務の刑事である。とはいえ『普通の』刑事のように、現在進行形の事件の捜査にあたることはほぼない。

『特殊能力係』というのが二人の所属部署だった。徳永は係長、瞬は唯一の部下となる。

この係の存在は公《おおやけ》にされていない。というのも通称『特能《とくのう》』は、指名手配犯の顔写真を覚え込み、市井《しせい》で張り込んで逮捕するという『見当たり捜査』専門の部署であり、数百名いる指名手配犯の顔を覚え込むことが『特殊能力』とされているからである。

係の存在が明らかになることで、徳永と瞬の面が指名手配犯に割れてしまえば、捜査の妨げとなる。それで隠されているのだが、この『特能』、新人の瞬が配属されてから、指名手配犯の逮捕率が格段にアップしたために増員計画があるという話は一応、瞬も徳永から聞いていた。

しかし『計画』というくらいなのでもう少し先の、それこそ『将来の展望』のつもりでいたのに、いきなりか、とそこに驚いていた瞬だが、徳永の説明を聞くうちに更なる驚きが増し、またも大声を上げることとなった。

「ああ。適性試験を警視庁の全警察官に実施してもらったところ、予想外といっていいほどの好成績を収めた男がいた」

「全警察官に適性試験!?」

そんな大々的に行われていたのかと驚いた瞬に再び徳永が、

「声が大きいと言っただろう」

と注意を与えてから、話を続ける。

「記憶力がずば抜けていい、捜査三課の若手だ。本人の希望を聞いたところ、『特能』への異動を受け入れたとのことなので、近々辞令が出るだろう」

「近々！」

またも大声を上げそうになったが、さすがに学習していた瞬はトーンをなんとか抑えることができた。

「急でびっくりしました。でも増員はありがたいです」

驚きが去ってみると喜びしかない。瞬の顔に笑みが浮かぶ。というのも、半月ほど前、瞬は生牡蠣《なまがき》にあたり四日間も欠勤してしまったのだった。

その間徳永は一人で見当たり捜査をするしかなく、随分《ずいぶん》と迷惑をかけることになった。それにもっと人数がいたら、その分捜査範囲は広がるだろうし、逮捕人数も更に増えるのではないか。

「ああ、そうだな」

微笑《ほほえ》み頷《うなず》く徳永も嬉しそうに見える、と瞬は改めて徳永を見やった。

『特殊能力係』は徳永の発案で三年ほど前に発足し、今年瞬が配属されるまでメンバーは徳永一人だったという。過去の事件の指名手配犯を探し出し、逮捕することは勿論《もちろん》重要な任務ではあるが、犯罪は日々起こり続けており、過去、犯人が逮捕されなかった事件に捜査人員を割くことは現実問題として難しい。

徳永が『見当たり捜査』に特化した係を作りたいと願ったのは、野放しになっている指名手配犯を逮捕することが過去の事件の解決となるからであろう。実際、『特能』は指名手配犯を何人も逮捕し、迷宮入りになりかねなかった事件をいくつも解決に導いている。

増員されるということは徳永の作った『特能』が上層部に認められたということだ。それは自分としても喜ばしい。自然と笑みが頬《ほお》に上ってきた瞬に向かい、徳永が紹興酒《しょうこうしゅ》のボトルを差し出してくる。

「祝杯だ。飲もう」

「はい！　あ、餃子《ギョウザ》追加しましょうか」

「いいな」

今やすっかり瞬もこの店に慣れ、階下に向かって、

「すみません、餃子二枚！」

と叫んで注文すると、徳永の手から紹興酒のボトルを受け取り、彼のグラスもなみなみと満たした。

「乾杯」

「乾杯！　よかったですね！」

弾んだ声は、普段であれば徳永の許容範囲を超えるトーンだったが、祝いの言葉だったからか見逃してもらえた。

「ところで、若手って何年目ですか？　徳永さんの知ってる人でしたか？」

瞬は新しいメンバーに興味津々《しんしん》で、詳細を聞こうと身を乗り出す。

「捜査三課って、窃盗《せっとう》事件を担当しているところですよね。以前から目をつけていたんですか?」

「次から次へと……落ち着け。今年三年目の巡査だ。直接の面識はないな」

徳永が苦笑しつつも答えてくれる。

「記憶力が抜群《ばつぐん》にいいという話も聞いたことがなかった。今回のテストの結果には、普段一緒に仕事をしている三課の人間も驚いていると聞いた」

「どんなテストだったんですか?」

自分が徳永に採用されたときにはテストはなく、警察学校での模擬《もぎ》裁判の訓練中に強盗犯が乱入してくる、という仕込みネタがあり、瞬だけがその強盗犯を別の訓練の手伝いをしていた警察官と見抜いたことを買われての配属だったので、全警察官に実施されたというテストの内容が気になり問いかける。

「普段、我々がやっているようなことだ。指名手配犯の写真を百枚、三十分見せたあとに、三百人の写真の中から指名手配犯を選ぶというものだった」

「……確かに、毎朝我々がやってることですね」

見当たり捜査に向かう前、徳永も瞬も指名手配犯のリストを必ずチェックする。枚数は百枚どころではないのだが、と、頷いた瞬は、

「それで、新任の人はどのくらいの正解率だったんですか？」

と問いを重ねた。

「百パーセントだ」

「百。凄《すご》い……んですよね？」

瞬が確認を取ったのは、自分がもし同じテストを受けたとしたら百点を取ると思ったからだった。というのも瞬は一度見た人間の顔を『忘れない』という特技を持つためである。

物心がついたときからそうだったので、瞬がそれを『特技』と自覚することはなかった。特能に配属され、初めて『他人はそうじゃないのか』と気づいたくらいなのだが、三十分で百人なら他の人でもいけるのでは、と思ってしまったのだった。

「正解率の平均は三十パーセント前後だ」

「そんなものなのですね」

「まあ、敢《あ》えて指名手配犯と似た人間の写真を選んだしな」

ニッと笑った徳永もまた、瞬同様、現在指名手配されている犯人の顔を全て覚えている。しかしそれは瞬のような能力があるからではなく、血の滲《にじ》むような努力の結果だった。

毎朝の指名手配犯のリストチェックも、瞬は確認の意味で見る程度だが、徳永は日々の鍛錬として一人一人の顔を記憶に刻みつけようとしている。

「百パーセントというのは、お前並に記憶力がいいということだ。その後、彼に同じテストを、違う指名手配犯の写真を使って実施したが、正解率はやはり百パーセントだった」

「偶然とか、勘が当たったとかじゃなかったってことですよね」

二回続けて百パーセントなら、記憶力は本物ということだろう。しかし他人が三十パーセントのところ百とは、と感心していた瞬に徳永が頷いてみせる。

「ああ。是非《ぜひ》とも欲しいところだが、本人の希望もあるからな。『特能』は仕事が特殊なだけにどうかと案じていたが、本人からも快諾《かいだく》されたということだった。これもお前が『特能』の印象をよくしてくれたおかげだ。ありがとう」

「え？　俺が？　いや、俺、何もしてないと思うんですけど……」

何かしただろうか、と首を傾《かし》げまくる瞬を前に、徳永が呆《あき》れた顔になる。

「庁内報のインタビューを受けただろうが。それにお前が配属されてから何人指名手配犯を逮捕できたか、わかっているのか？」

「……ええと……十人くらいですかね」

「十七人だ！」

瞬のいい加減な答えを聞き、徳永が呆れつつも声を張り上げる。と、そこにちょうど餃子が運ばれてきて、二人の会話は一瞬途切れた。

「ともあれ、お前のおかげで『特能』の存在に意味があると上層部にも認識され、増員となった。感謝しかないよ。ありがとう」

徳永は珍しく饒舌《じょうぜつ》だった。酔っているのだろうかと思いつつも、彼の言葉は嬉しすぎる、と瞬も自然と笑顔になる。

「そんな！　全部徳永さんのおかげですよ！」

あたかも自分の手柄のように言われたが、そんなわけがないと言い返した瞬を前に、徳永は苦笑してみせただけだった。

「三年目ということだが、年齢は三十歳だそうだ。小池《こいけ》と同い年……かな」

「そうなんですね」

話を新たに加わるメンバーに戻した徳永は、やはり相当嬉しそうである。彼が喜んでいる顔を見ると自分まで幸せな気持ちになる。

三十歳にして三年目の先輩。しかし係内では自分のほうが少し先輩になる。どんな対応をしたらいいのだろう。まさか新人なのに『先輩』になるとは思わなかった、と、意識したと同時に途方に暮れていた瞬に、徳永が笑いかけてくる。

「いいチームにしよう」

「はい！」

また大きな声になってしまったが、徳永は微笑むだけで注意を与えようとしない。それだけ嬉しいということだろうと察した瞬もまた、新たに『特能』に加わる人物への期待で、わくわくが止まらなくなってきた。

終電前に解散となり、地下鉄に揺られながらも自然と瞬の顔は笑ってしまっていた。

「ただいま！」

帰宅後も上機嫌が続いていた瞬を迎えたのは、同居人かつ親友の佐生正史《さそうせいし》で、見るからに酔っ払いの瞬に呆れた声をかけてくる。

「ちょー酒臭《さけくさ》いんだけど。それに俺、締め切り前なんだけど。なにその浮かれっぷり」

「ごめんごめん。俺を無視して仕事をしてくれ」

佐生は瞬の幼馴染《おさななじ》みで、今は有名私大の医学部に通う学生だった。とはいえ彼は医者になるつもりはなく、小説家になるという夢をかなえるべく、日々パソコンに向かっている。

ようやくある出版社で担当がつき、いよいよ雑誌への短編小説の掲載が決まったということだった。それでますます執筆に熱を入れている彼の素性《すじよう》は、かなり前に亡くなった有名政治家の忘れ形見というものだが、既に本人も、そして瞬もそれを気にすることがなくなっている。

「無視なんてできるわけないだろ。お前がそんなに浮かれているなんて、何があったか気になるじゃないか」

不機嫌から一変し、興味津々といった様子で問いかけてきた佐生に瞬は、

「絶対、小説のネタにはするなよ」

と釘を刺したあとに、一人の胸に納めておくには惜しい、と、徳永との飲み会について明かすことにした。

「すごいじゃん！　増員なんて」

佐生は以前、ある事件に巻き込まれたこともあって、徳永とも顔見知りであるし、瞬の職場についても詳細を知っている。

それゆえ瞬の感動を正しく理解してくれた彼は、「おめでとう！」と祝ってくれたあとに、好奇心丸出しで問うてきた。

「どんなテストをしたんだって？」

「指名手配犯百名の写真を三十分間見せたあとに、数百人の顔写真から指名手配犯を選ぶテストで、正解率の平均は三十パーセント前後だったって」

「まあ、そんなところだろうな。お前は百パーセントだろうけど」

佐生が笑って頷き、問いを重ねる。

「で？　新任は何パーセントだったんだ？」

「百パーセントだそうだ」

「百！　うそだろ？」

それは凄い、と佐生が心底感心した声を上げる。

「まさかと思うけどその人、お前と同じ特殊能力を持ってるんじゃないか？」

「そうかもな」

瞬は一度見た人の顔は決して忘れない。直接会った人間でも、写真で見た人間でも、『人の顔』であれば何年前に一度見たきり、といった相手であっても確実に記憶に刻まれている。

実は瞬自身、それを『特殊能力』と自覚していなかった。生まれてからずっと『そう』だったため、他人もまた同じように、人の顔であれば時間が経とうが覚えているものだろうと思い込んでいたのである。

特能に配属になった際、自分が『特殊』であることをようやく理解した。とはいえ、もともと『特殊』と思っていなかったこともあって、自分以外にも同じ能力を持つ人間がいるのではと言われたとき、充分あり得ると思ったのだった。

「いやあ、なかなかいないと思うけどなあ」

自分で言い出したこととはいえ、と佐生は首を傾げていたが、すぐ、

「でも、正解率百パーセントだから、あり得るんだろうなあ」

と納得しかねる様子ながらも頷いている。

「しかしそんな凄い能力を持ってる人間が二人もいるなんて、さすが警視庁といおうかなんといおうか。まさに『事実は小説よりも奇なり』だな」

「小説といえば、どうなった？　雑誌初掲載の原稿。嘉納《かのう》さんからオッケー出た？」

『小説』という単語が出たことを機に瞬は話題を佐生のことへと変えることにした。因《ちな》みに『嘉納さん』というのは佐生の担当編集の名で、三十歳の熱血タイプという彼は佐生に熱心な指導をしてくれているという。

「……出ない。ギリギリまで粘りたいって。しかも本編は勿論《もちろん》、タイトルにも全然オッケーが出なくてさ。何を出してもダメって言われるんだ」

ああ、と佐生が溜め息をつきつつ、机に突っ伏す。

「……まあ、頑張れ。それだけ期待されてるってことなんだろうから」

他に慰めようがなく、そう告げた瞬に佐生が恨みがましい目を向けてくる。

「思ってもいないくせに」

「思ってるよ。この間嘉納さん、ウチに来たじゃないか。お前と話しているのを見て、あ

あ、この人はお前を本気で育てようとしてくれているんだなと実感したよ。お前も嘉納さんは頼りになるってよく言ってるじゃないか」

「……まあ、そうなんだけどさ」

佐生は口を尖らせたが、どうやら機嫌は直りつつあるようだった。

「叔母《おば》さんからも、いつ掲載されるんだって毎日のように聞かれたりするものだから、ちょっとナーバスになっているのかも。ごめんな、当たったりして」

「いや、全然当たられたとは感じなかったから」

気にするな、と笑った瞬に佐生は「ありがとな」と頭を掻《か》いたあとに、再び好奇心丸出しの表情となり身を乗り出してきた。

「配属されたら、どんな人だったか教えてくれよな。ウチに連れてきてくれるとありがたい！　是非、インタビューさせてもらいたいよ。記憶力が抜群にいいことに気づいたのはいつなのかとか、瞬みたいに一度見た顔は生涯《しょうがい》忘れないのかとか」

「インタビューって、小説のネタにするのは絶対禁止だからな」

不安になってきたこともあって瞬はこれでもかというほど念を押し、

「わかってるって」

と佐生がまた頭を掻く。

「単なる興味だよ。小説家としての。瞬にインタビューしても、まったく参考にならないからさ」

「失敬《しっけい》な。どこがならないんだよ」

「だって瞬、生まれたときからそうだから、特に話すことはないって言うじゃないか。どんな感じなんだと聞いても『普通』だしさ」

「それは……実際そうなんだから仕方ないじゃないか」

言い返しながらもバツの悪い思いをしていた瞬を前に、呆《あき》れた様子となっていた佐生が、

「にしても」

と感慨《かんがい》深い顔になる。

「記憶力がよすぎるってどんな気持ちなんだろう。瞬は本人が『普通』と言ってるからまあ、いいけど、俺みたいな凡人からしてみたら、ちょっと怖くなるよ」

「怖い？」

何が、と素でわからず問いかけた瞬に佐生は、

「だって、そんな能力あったら、悪用したくなりそうじゃないか」

と今度は彼が少々バツの悪そうな表情で言葉を返す。

「悪用……できるかな？」

人の顔を覚えていることを何か悪事に使えるかと瞬は考えたが、これというものは浮かばなかった。

「たとえば？」

「たとえば全警察官の顔を覚えた状態で暴力団に雇われる……とか？」

佐生としても具体的な『悪用』のイメージはなかったようで、考えてそう言ったあとに、

「イマイチか」

と肩を竦《すく》める。

「刑事としては有効だよな。暴力団の構成員の顔を全部覚えておけば、犯罪を未然に防ぐことができるかもしれない」

瞬の言葉に佐生は「ごもっとも」と頷《うなず》くと、

「記憶力は悪事とは結びつかないものかなあ」

と尚も首を傾《かし》げている。

「どちらかというと『商用』かも。お客様の顔は忘れない、とか」

「確かに。瞬はその道でも成功を収めたかも」

うん、と佐生は頷くと、

「ともあれ、どんな人だか教えてくれよな。是非、話を聞いてみたい！」

と笑いかけてきて、佐生がそうも気にするとは、と、瞬の好奇心をも煽《あお》ってくれたのだった。

発令は思った以上に早く、三日後には『特殊能力係』に新しいメンバーがやってきた。

「大原海《おおはらかい》です！　どうぞよろしくお願いいたします！」

地下二階の『特能』に朝一番にやってきた男——大原海の第一印象は、『ちゃらい』だと、瞬はまじまじとその姿を見やってしまった。

髪色を見るに絶対染めていると思われる。肌の黒さも尋常《じんじょう》ではない。趣味はサーフィンか何かだろうか。

徳永は彼を見てどう思ったのかが気になり、瞬はちらと視線を向けた。

「徳永だ。ようこそ、『特能』へ」

徳永の顔には笑みがあった。愛想笑いではない。大原の能力を買っているということだろうと思いながら瞬は、

「麻生です。宜しくお願いします」

と元気よく挨拶《あいさつ》をし、頭を下げた。

「職場が地下二階と聞いてびっくりしました。そやし、業務の内容考えたら、資料室内にあるいうんは当然かもしれへんですね」

「あの」

大原の発言を聞くうちにどうにも気になってしまい、瞬は問いかけていた。

「大原さん、関西人ですか？」

「関西人やない。大学が関西だっただけや。関西人には『嘘くさい関西弁』て、よう言われるわ」

「そう……なんですね」

確かに少し、大原の関西弁には違和感があるようなないような。明るすぎる返しに戸惑いを覚えていた瞬の横から徳永が淡々とした語調で問いかける。

「テストの結果は聞いたか？　正解率は百パーセントだった。二度目のテストでもだ。記憶力がいいという自覚は今まであったのか？」

「え？　百パーセント？　マジですか」

大原が驚いたように目を見開く。

「結果は聞いてないんですわ。適性があるのでどうや、と課長に聞かれたくらいで。百パーセントは驚きでした。記憶力については、ようわからん……いうんが本当のところです」

「………」

ところどころ関西弁に標準語が混じる。そこが気になり、話の内容は二の次になってしまっていた瞬の意識を、徳永は一気に引き戻してくれた。

「よくわからないと言いながら、君は百パーセントの正解率を叩き出した。となると記憶力が優れているとしか考えられないのだが」

相変わらず淡々とした口調での指摘に、確かにそのとおり、と頷いた瞬の前で大原が頭を掻く。

「あのときは覚えてましたけど、今同じテストをしても誰も覚えてへんと思います」

「……誰も？」

徳永の眉間《みけん》に縦皺《たてじわ》が寄る。それは瞬も同じで、どういうことなのかと思わず大原の顔を凝視してしまった。

「はい。昔から一夜漬けは得意やったんですよ。せやけどテストが終わったら何一つ記憶には残っとりません。おかげで大学入試には苦労したんです。一夜漬けにも限界があるさかい。結局大学を入り直すことになってしまいました」

「そうか」

相槌《あいづち》を打った徳永は、複雑な表情をしていた。記憶力のいい部下を得たと喜んだ、その期待を裏切られたと思ったのかもしれない。

一方瞬は大原の存在を実に頼もしく感じていた。瞬も人の顔こそ忘れることはないが、事象については『ついうっかり』ということがままある。

徳永には『メモをとれ』と耳にたこができるくらいに言われているのだが、それはさておき、と大原に話しかける。

「一夜漬けにも限度があるって、何日くらい覚えていられるんですか？」

「翌日までは覚えとると思うわ。その次の日は自信ないなあ」

「一日……」

『たった』と言いそうになり、瞬は慌てて言葉を呑《の》み込んだ。

「覚えられる人数の上限はあるのか？」

徳永も大原の答えを意外に感じたようで、横から問いかけてくる。

「人数……どうでしょう。試したことはないのでなんとも」

「テストでは百人いけたな。全員、完全に覚えていたのか？　それとも記憶に濃淡はあるのか？」

「……どうでしょうね。人の顔を覚えるのは初めてやったから、どんな感じかといわれてもいまいち答えられない、いうか……」

大原が困ったように頭を掻いたのを見て、徳永は我に返った顔となった。

「ああ、悪い。着任早々、質問責めにしてしまった。まずは仕事についての説明をこちらがすべきだというのに」

「いえ、そんな」

大原が恐縮した様子となる。

「君の席だが、そこを使ってくれ」

『そこ』と徳永が示したのは、昨日、瞬が小池に手伝ってもらって総務から運んできたデスクだった。今までは部屋の中央に徳永と瞬のデスクが少し離した状態で並んでいただけだったが、大原用のデスクは徳永と向い合わせになるように置かれていた。

「ありがとうございます」

「コーヒーメーカーが奥にある。好きに飲んでくれ。あとは……何か質問はあるか？」

室内の設備についてはコーヒーメーカーの場所くらいしかネタがなかったようで、徳永がここで大原に問う。

「仕事について聞いてもいいですか？」

大原が問うのに、

「まずは座るか」

と徳永は言うと、瞬へと視線を向けてきた。

「悪いがコーヒー、淹《い》れてもらえるか？」

「はい、もちろんです！」

言われるより前に淹れるべきだった、と瞬は返事もそこそこに慌ててバックヤードへと向かった。

コーヒーを三人分淹れ、デスクに戻る。

「おおきに」

大原にまず渡すと恐縮しながらも笑顔で礼を言い、客用のカップを受け取った。彼が手にしているのは指名手配犯のファイルで、早くも説明が始まっていることを瞬は察し、急いで徳永にもコーヒーをサーブすると自分の席につく。

「そのファイルを毎朝チェックした後、見当たり捜査に向かう。場所についてはランダムになるよう心掛けている」

「その日の朝に決まる、いうことですね」

大原はうなずくと、指名手配犯のファイルを捲《めく》り始めた。

「交番でよく見かける顔もありますが、まったく知らない顔も結構あります」

と、ここで大原が顔を上げる。

「徳永さんも麻生君も、このファイル、全部頭に入ってるて、ほんまですか？」

「あ、はい」

「ああ」

瞬が、そして徳永が頷くと、大原は、

「さすがですねえ」

と感嘆《かんたん》の声を上げた。

「覚えてもらうことになるぞ」

徳永の眉間に微《かす》かに縦皺が寄る。大原のリアクションが、見当たり捜査の業務に関し、未だ他人事《ひとごと》のようだと感じたからではないかと察した瞬の緊張は高まったが、当の本人の大原はまるで気づいておらず、

「頑張ります！」

と元気に返事をしている。

「いつも何時に出てます？　それまでに頭に叩き込みますんで」

そう言ったかと思うと大原は、ぱらぱらとページを捲り始めた。

「………」

早い。写真だけを見ているのか。そのページに書かれた罪状なども読んでいるのだろうかと、瞬ははらはらしながら見ていたのだが、徳永も同じことを思ったらしく、

「大原」

と呼びかける。

「はい」

さほど集中していなかったのか、すぐさまファイルから顔を上げた大原に対し、徳永が問いを発する。

「清水康太《しみずこうた》の罪状と事件の発生時期は？」

清水康太というのは、ファイルの三ページ目、七年前に強盗殺人で指名手配された男だった。

しかしいきなり名前を言われても、あのスピードでページを捲っていた大原には答えられないのではないか。大原が『わからない』と答える。そこで徳永が、顔だけでなく罪状や指名手配された時期もチェックするように。年月が経っている場合、風体《ふうてい》がかなり違う可能性があるから、と説明する――と、この先の展開をそう読んでいた瞬だったが、事態は思いもかけない方向へと変じた。

「三ページ目ですね。罪状は強盗殺人。七年前ですね」

「……では田谷聡《たやさとし》は？」

　徳永が問いを重ねる。

「七ページ目ですね。殺人罪。恋人を殺したんですよね」

「すごい……」

　まさか覚えているとは。あのページを捲るスピードで？　読んでいるとは思えなかったというのに、と驚いたために思わず声を漏《も》らしてしまった瞬をちらと見やったあと、同じく驚いていたらしい徳永が彼に問いかける。

「このファイルは今、初めて見たんだよな？」

「はい」

　大原は即答し、徳永を見る。

「ページを捲るのにそう時間をかけていないように見えたが」

「あ、はい」

　大原が頷く。

「それで覚えられたと？」

「はい……ええと？」

大原はここでようやく疑問を覚えたらしかった。

「それが……？」

問い返す彼の眼が泳いでいる。緊張からだろうか。何か問題があるのかと問いたげな顔をする彼に、徳永が感嘆した様子で声をかける。

「君はどうやら、見たものを一瞬で記憶できるらしいな」

「はあ……」

間の抜けた声で大原が返事をする。彼もまた、自分の記憶力が『特殊』であることを知らなかったと、そういうことだろうかと思いながら瞬は、増員された係員に対し改めて頼もしさを感じていた。

2

配属初日にして大原は、七年前に指名手配された殺人犯、清水康太を逮捕し、警視庁内の話題を浚《さら》った。

期せずして、見当たり捜査直前に徳永が確認をとったその人物だということに、瞬は心の底から驚いた。徳永も驚いていたが、唯一、大原だけが淡々としていた。

「おるんですね、指名手配犯ってその辺に普通に」

素の感想と思《おぼ》しき言葉を告げる彼を前に、瞬は徳永と思わず顔を見合わせてしまった。

その日の夜は、歓迎会及び祝賀会を、いつもの店、神保町の『三幸園』の座敷で開くことになった。

メンバーは『特能』の三人に加え、徳永が捜査一課三係にいた頃の後輩で、徳永を慕《した》ってよく地下二階に出入りしている小池を含む四人となった。

「いや、すごいよ。初日からだろ。お前、やるなあ」

小池が感心した声を上げ、大原の背を叩く。

「お二人は知り合いだったんですか？」

仲がよさそうだ、と瞬が問うと、

「後輩だけど、同い年だしな」

と小池が大原を見る。

「えらい、かわいがってもらってます」

大原が答えると小池は、

「こいつの関西弁、すごい嘘くさいと思わないか？」

にやにや笑いながら瞬に同意を求めてきた。

「確かに……」

先輩に向かって失礼かとは思ったが、瞬もずっと違和感を覚えていたので思わず頷《うなず》いてしまった。

「入ったときから皆に突っ込まれてるのに、頑《かたく》なに関西弁キャラを貫こうとするんだよ」

「別にキャラづくりやないですよ。自然と出てまうんや」

大原はそう言ったが、『自然と』ではなくどちらかというと『不自然』だ、と瞬はつい、噴き出した。

「あ、麻生、笑うんや」

「瞬はゲラだからな」

小池がにやつきながらもそう大原に返す。と、大原は瞬に対し予想外のことを言ってきた。

「小池さんは麻生君のこと『瞬』って呼んではるんですね。俺もそう呼んでもええ？」

「勿論《もちろん》です」

名前でも名字でもお好きなほうを、と頷いた瞬に、大原が尚も言葉を重ねてくる。

「そしたら俺のことは『海さん』で」

「え？　あ、はい」

名前か、と戸惑いつつも、断る理由がないので頷いた瞬を見て、小池がふざけて意地の悪い声を出す。

「呼びたくなかったら呼ばなくてもいいんだぜ」

「いやってことはないですよ」

係内の雰囲気《ふんいき》を悪くしないでほしい、と瞬もまたふざけて小池を睨《にら》む。

「徳永さんもよかったら『海』と呼んでやってください」

「俺は名字でいい」

「えー」

淡々と返した徳永に、大原ががっかりした顔になる。これはふざけたわけではなく、本気で落ち込んだようだと思った瞬の横で、小池が楽しげに笑った。

「長年付き合いのある俺だって『小池』って呼ばれているんだぞ。お前が名前呼びになったらマジで凹《へこ》むわ」

「なんや、嬉しそうですね、小池さん」

悔《くや》しいわ、と口を尖らせてはいたが、大原の目は笑っていた。

楽しい先輩が来たものだ、と自然と微笑《ほほえ》んでしまっていた瞬に徳永が声をかけてくる。

「麻生、追加注文を頼む」

「あ、はい！」

しまった、言われるより前に気づくべきだった。慌てたせいで瞬の声は高くなってしまった。

「声が大きい」

途端に徳永に注意され、「すみません」と首を竦《すく》める。

「瞬は元気がええなあ」

早くも『瞬』呼びとなっている大原がニコニコしながらメニューを手に取る。

「紹興酒《しょうこうしゅ》にしましょうか、徳永さん、飲み方はどないしはります？　熱燗《あつかん》ですか？」

「そうだな」

「あとは餃子《ギョウザ》追加と、せや、ニラ玉はどうや？　瞬も食べたいもの、頼んでや」

「あ、はい。ありがとうございます」

ごく自然に仕切り始めた大原を見て、小池が苦笑する。

「相変わらずのパリピぶりだな」

「パリピ？」

問い返したのは徳永で、

「パーティーピープルの略です」

と小池が答えている間に瞬は階段を下り、追加のオーダーをしてからまた戻ってきた。

「パリピやないですって。真面目《まじめ》ですよ」

「真面目か？　合コン三昧《ざんまい》だろうが」

「あ、言います？　一緒に合コンに参加したときの話、徳永さんに喋《しゃべ》ってええんですか？」

戻ってくると、まだ場は大原の『パリピ』話で盛り上がっていた。にしても小池の合コンとは聞き捨てならない、と思わず瞬は身を乗り出す。

「小池さん、合コンとか行ってるんですね！」

「瞬、本気に取るな。徳永さんも！」

慌てて否定する小池を見るに、おそらく大原の言うとおり、合コンには参加しているのだろうと、瞬は思わず噴き出した。

「結構な参加率ですよ。小池さんのために開かれた合コンもあるくらいですし」

「もうよせ。お前はこれ以上喋るな」

小池が真っ赤になって大原を怒鳴っている声も相当大きかったが、徳永は笑っているだけで注意することはなかった。

それだけ面白がっているのだろう。それにしても新しくメンバーになった大原という先輩は、有能であり、かつ人柄もよさそうだし、何より場が華やぐような明るい性格の持ち主と、非の打ち所がないのでは。

上司は徳永で、これもまた非の打ち所のない人物だし、自分は本当に恵まれているなと、瞬は改めて我が身の幸運を噛《か》み締め、頼もしい上司や先輩が楽しげに飲む姿を見つめたのだった。

終電ギリギリまで飲んだあと、小池と大原は同じ寮とのことで、一緒に帰っていった。このあと同い年の二人でもう一軒いくのではと思われる、と瞬は二人と別れ、徳永と共に地下鉄の駅へと向かった。

「お疲れ様でした」

路線が違うので改札で別れようとした瞬を、徳永が呼び止める。

「麻生」

「はい」

なんだろうと思い、問いかけた瞬に対し、徳永は一瞬言葉を探すような素振りをした。

「あ」

ホームから今日の最終電車が間もなく到着するというアナウンスが聞こえてきたため、瞬はつい、声を漏《も》らしてしまった。

「なんでもない。また明日」

徳永も気づいたらしくニッと笑ってそう言うと、片手を上げ、踵《きびす》を返した。

「あの、なんでしょう？」

最後に見せた、もの言いたげな顔が気になり、瞬は彼の背に問いかける。と、徳永が足を止めて振り返り、瞬にこう問うてきた。

「今度でいいから、大原の能力について、お前の思うところを聞かせてくれ」

「はい？」

何を問われたのか一瞬わからず、問い返した瞬に、徳永は、

「終電、来るぞ」

と言い置くと、再び踵を返してしまった。

「あの……」

気になりはしたが、終電を逃せばタクシー代がかかってしまう、と、慌てて改札を入り、ちょうど来た車両に乗り込む。

徳永は何を気にしているのだろう。最終電車ゆえ、少し混雑している地下鉄の車両内で瞬は一人それを考えていた。

大原の能力——抜群《ばつぐん》の記憶力というだけではない。『読む』という速度ではなく、ぱっぱっとただページを捲《めく》っているだけに見えたというのに、内容を全て覚えていた。

瞬は、人の顔は忘れない。付随《ふずい》した情報についても、記憶はしていられるが、『一瞬』では無理だ。熟読し、頭に叩き込む。今は配属されて随分《ずいぶん》と月日も経っているし、毎日見ているのでさすがに名前や罪状も頭に入っているが、それは『覚えよう』としているからである。

しかし大原は違うように見えた。どうやって覚えるのだろう。今度本人に聞いてみようか。そこまで考えた瞬は、徳永はなぜ、本人ではなく瞬にそれを聞こうとしたのだろうと

いう新たな疑問を持つことになった。

地下鉄を乗り換え、最寄り駅に降りると、ちょうど屋台のたこ焼き屋が店じまいをしかけているところだったので、残っていたたこ焼きのパックを二つ買い、帰路につく。

「ただいま」

「あ、おかえり、瞬」

佐生はリビングで作業をしていたが「酒臭い」と文句を言いつつ、たこ焼きは嬉しかったらしく、瞬のためにビールを出してきてくれた。

「今日は歓迎会？　どんな人だった？」

前に聞いてから楽しみにしていた、と、佐生が身を乗り出し問うてくるのに、

「絶対、小説のネタにするなよ」

といつもの確認を取ってから瞬は、大原が一瞬にして指名手配犯のファイルを覚えたことや、今日、早速一名逮捕したところまでを説明してやった。

「一瞬ってどのくらい？」

興味津々《しんしん》という顔になった佐生が、身を乗り出し瞬に問う。

「やってみて」

「このくらい？」

その辺にあった文庫本のページを、ぱっぱっと捲ってみせると佐生は、

「それ、盛ってない？」

と疑わしい目を向けてきた。

「盛ってないよ。徳永さんも、絶対読んでないだろうと踏んで、抜き打ちテストみたいなことをしたんだから」

「徳永さんが？」

佐生が驚いた顔になり、その部分を詳しく、と尚も身を乗り出す。それで瞬は、徳永が内容について質問したのに、大原がすらすらとページ数から罪状まで正確に答えたことを伝えたのだった。

「その大原さんって人、ファイルは初見だったんだよな？」

「多分。そもそもそのファイル、特能にしか置いてないと思うし……」

瞬の答えを聞いた佐生は、ビールを暫《しばら》く飲んでいたが、やがて、

「大原さんの目ってカメラみたいなものかもしれないな」

という独自の見解を述べ始めた。

「カメラ？」

「目に入ったものをすべて記憶する、みたいな。たとえば瞬が開いているその文庫、その

ページを見たら一瞬にして文字をすべて覚えるんじゃない？」

「文庫の……文字を？」

　ちょうど開いていた文庫を見やり、瞬は首を傾《かし》げた。

「読むのに随分時間がかかるぞ」

「だから読んでないんだよ。カメラみたいに、目に入ったもの全部を瞬間的に頭の中に焼き付ける。うーん、カメラっていうたとえはイマイチかな。瞬は見た人間の顔、全部覚えるだろ？」

「ああ」

「大原って人は、顔だけじゃなくて文字も風景も、全部覚えるんじゃない？　それを記憶に焼き付ける。ああ、そうだ。スキャナーみたいに」

「スキャナー……映像をスキャンし、脳に保存する？」

　わかるような、わからないような、と首を傾げた瞬に佐生は、

「そうとしか思えないんだよな」

　とやはり首を傾げてみせた。

「でも、目に入ったもの全部、覚えているとしたら、脳がパンクしそうだけど……まあ、瞬もパンクしてないから、そこは大丈夫なのかなあ」

「……うん……？」

確かに瞬も、一度でも『見た』人の顔は忘れない。とはいえ、記憶に濃淡はあるし、どこで会ったかは思い出すのに時間がかかることもある。

それで『パンク』はしないのかもしれない、と思いはしたものの、他人のことはわからないからな、と尚も首を傾げていると、佐生がぽつりと言葉を漏らす。

「しかし、脳細胞には限界があるからなあ。もしかしたら覚えたいものだけを覚えられるとか、そういう能力なのかもな」

「覚えたいものを自分で選択できる……あ」

そういえば、と、瞬は大原の言葉を思い出し、それを伝えることにした。

「試験は一夜漬けだったたって言ってた。大学受験は一夜漬けにも限界があるからうまくいかなかったとか……」

「なるほど。となるとやっぱり、覚えていられる期限があるんだろうな。お前と違って」

頷《うなず》いた佐生が、瞬に問いかけてくる。

「どのくらい覚えていられるかとかは言ってたか？」

「一日は覚えているって。その次の日は自信ないって言ってたな」

朝、聞いた話を思い出し思い出し答えた瞬に佐生が、

「それ、早く言ってよ」

と苦笑した。

「そうだとしたら、多分、見たもの全部覚えているんだよ、その人。で、情報量が多いから一日で忘れるんじゃない？」

「見たもの全部って、例えば」

と瞬が視線を、ダイニングのテーブルにあった新聞へと向ける。

「新聞を開いたらそれを全部、とか？」

「うん。スキャナーみたいに見た画像がすべて頭に入ってて、必要に応じて呼び出してくる、みたいなイメージなんじゃない？」

「なるほど。だから指名手配犯の掲載ページを言ったのかも……」

佐生の言葉に納得していた瞬だったが、

「あくまでも俺の想像だからな？」

と言われ、確かにそうか、と思わず笑ってしまった。

「想像にしちゃ、説得力があったからさ」

「抜群の記憶力を持つお前のほうが、想像できそうだけどな」

佐生に言われ、瞬は、別れ際に徳永が告げたのはそういうことだったのか、と納得し、思わず「そうか」と声を漏らしてしまった。

「何が？」

訝《いぶか》しそうに問うてきた佐生に瞬は、徳永の言葉を伝える。

「いや、徳永さんに言われたんだ。大原さんの能力について、俺の思うところを教えてほしいと」

「徳永さんが？」

へえ、と佐生は興味深そうな顔になると、瞬に問いかけてきた。

「俺も聞きたい。お前はどう感じた？　大原さんの能力について」

「どうって……すごいと思ったよ。俺は罪状とか覚えるのに彼の何十倍も時間がかかるから」

何十倍ではきかないかも、と思いつつ答えた瞬に、佐生が問いを重ねる。

「ジェラシーは感じた？」

「ジェラシー？　何への？」

問い返してから、能力へのか、と答えを察する。

「能力に関しては、別物だと思うからなんとも……『すごい』としか言えないかなあ」

「配属初日にして犯人逮捕って、瞬と同じだよな。その辺は？」

佐生はどうやら瞬になんとしてでも『ジェラシー』を感じてほしいらしく、敢《あ》えて比較するようなことを言ってくる。

「うん。そうだね」

「明日も逮捕するかもよ？」

「それでこそ増員した甲斐《かい》があるってことじゃないか？」

「えー、なんで？　そこは『忘れない男』は俺の専売特許なのに、とはならないんだ？」

意外そうに問いかけてくる佐生に瞬は「ならないよ」と苦笑したが、その言葉に嘘はなかった。

「俺ならなるけどなあ」

そんな特殊な能力を持っていたら、と佐生は口を尖らせたあと、

「あ、そうか」

と納得した声を上げた。

「え？」

「お前にとっては『人の顔なら忘れない』は、特殊でもなんでもない、ごく普通のことだったんだもんな」

「……まあ……そうなのかな」

生まれたときから『一度見た人の顔は忘れない』瞬は、他人もまた自分と同じなのだとばかり思っていた。『特能』に配属されたことをきっかけに、普通の人間は覚えていられないものなのだと言われ、そうなのか、と初めて認識した。

もしもこれを『特殊能力』だと自覚していたとしたら、同じく記憶に関して『特殊』といわれる能力を持つ大原に嫉妬《しっと》を覚えただろうか、と瞬は改めて考えてみたが、答えはよくわからなかった。

「どうだろうな……」

「さすがだよ。俺のような凡人とは違う。俺なんか、デビューする新人、みんなに嫉妬するもん」

佐生が溜め息交じりに告げた言葉は、あながち冗談ではなさそうだった。

「俺も小説に関して『特殊能力』があったら、嫉妬なんてしなくてすんだのかなあ」

「小説と記憶力は違うよ。それに、能力があるからこそ、嘉納さんっていう担当がついたんだろ？」

「見限られないことを祈るのみだよ。デビューしたい新人は沢山《たくさん》いるし、何よりネットには売れそうなコンテンツが溢《あふ》れているわけだし……」

ああ、とがっくりと肩を落とす佐生は、本気で落ち込んでいそうである。最近、叔母《おば》からのプレッシャーも凄《すご》いと聞いたこともあって瞬は、なんとか彼の気持ちを盛り上げようと話題を探した。

「とはいえ、担当編集がついているのは凄いって。もう雑誌デビューも決まっているんだし、弱気になることはないよ」

「その雑誌の原稿のタイトル、もう百本ノック状態なんだよ……」

涙目になった佐生が瞬に訴えかけてくる。

「俺、本当に掲載されるんだろうか。もしかしたら嘉納さん、俺を諦めさせようとしてるんじゃないかなあ」

「そんな時間の無駄みたいなこと、するはずないだろ。嘉納さん、めっちゃ忙しいってお前、言ってたよな？」

「そうだけどさあ。なんかもう、最近は何を出しても駄目なんじゃって、すっかり自信、なくしちゃってさ」

「それだけ期待されてるってことだよ」

慰めモードになりながら瞬は、今日は当分、寝かしてもらえそうにないと諦めていた。

佐生の不安な気持ちもわかるだけに付き合ってあげたいが、明日も見当たり捜査はある。

明日は自分も犯人を逮捕したいと願う、この気持ちがもしや、嫉妬なのだろうか、と心の中で首を傾《かし》げる。

対抗心？　いや、大原に対抗する気持ちというより、自分も頑張ろう、と自身を鼓舞する気になった。よりいっそうやる気をもらったというこの感じは、『嫉妬』ではないように思う。

もしや、徳永が自分に大原の能力を聞いてきたのは、それを案じてのことなのだろうか。その必要はないのだが、といつしか一人の思考の世界に入っていた瞬だが、佐生が、

「期待なんてされてないんだよう」

と泣き言を並べ立て始めたことで我に返ると、なんとか彼を元気づけたいものだと思いつつ、『慰め』ではない『応援』の言葉を探すべく頭を捻《ひね》ったのだった。

3

翌日、佐生の愚痴《ぐち》に付き合ったおかげで就寝時間が午前三時を過ぎていた瞬は寝坊をしてしまい、地下二階の『特能』の部屋に駆け込んだのは始業ギリギリの時間となった。

「おはようございます！」

「おはようさん」

挨拶《あいさつ》に応えてくれたのは大原のみで、徳永は一瞥《いちべつ》しただけで指名手配犯のファイルへと視線を戻してしまった。

「すみません、遅くなって」

「まだ始業前やろ。それより、昨日はおおきに。楽しかったわ」

フォローしてくれた大原の手にも、指名手配犯のファイルがある。

「コーヒー、飲むか？　淹《い》れたげるで」

「そんな！　自分でしますんで！」

親切に声をかけてくれる大原に恐縮しつつ答えた瞬は、既に大原が『マイカップ』でコーヒーを飲んでいることに気づき、思わず「あ」と声を漏《も》らしてしまった。

「ああ、これか？　小池が持ってくるといいと教えてくれたんや。あいつ、別にここの係でもないくせにマイカップを置いてるて、なんや、図々《ずうずう》しいんとちゃう？」

大原が笑いながら瞬に同意を求めてくる。

「ええと……とにかく、コーヒー淹れてきます！」

瞬にとっては小池も先輩なので答えようがなく、バックヤードへと向かいながら、コーヒーメーカーもおそらく大原が作動させたのだろうと思い、しまった、と自身の寝坊を反省した。

今までは徳永と二人のチームだったので、油断していた。これからは三人となる。『特能』に配属されたのは自分のほうが先だが、警察官としては大原のほうが先輩だ。

先輩に気を遣わせてどうする、と思いつつコーヒーメーカーの前に立った瞬は、周辺が綺麗《きれい》に整頓《せいとん》されていることに加え、幾種類かのコーヒーやシュガーやミルクが用意されていることに驚き、思わず声を漏らしてしまった。

「うわっ」

「どないしたん？」

思いの外《ほか》響いたのか、大原が慌てた様子でやってくる。

「す、すみません。この豆とか砂糖とか……海さんが？」

問うてから、他にいないだろうが、と己にツッコミを入れた瞬の前では、大原が、さも当然のこと、といった調子で答えてくれる。

「せや。小池はともかく、たまにはお偉いさんが来るんやないかと思うてな。シュガーとミルクくらいは常備しといたほうがええんやないかと」

「あ……りがとうございます」

確かに捜査一課長をはじめ、いわゆる『お偉いさん』が『特能』を訪れることは、たまにあった。しかし自分には砂糖とミルクを用意するという頭がなかった、と猛省していた瞬の耳に、徳永の少々苛立《いらだ》った声が響く。

「麻生、そろそろ出るぞ。準備はできているのか」

「す、すみません！」

コーヒーを飲んでいる場合ではなかった、と瞬は慌てて返事をすると、

「すみません！」

と大原にも詫《わ》び、自席へと駆け戻った。焦って指名手配犯のファイルを捲《めく》る瞬に、戻ってきた大原が声をかけてくる。

「昨日から追加はないけど、瞬も見るんやな」

「え？」

どういう意味かがわからず瞬が問い返すと、大原は「そやし」と不思議そうに問いかけてくる。

「小池に聞いたで。瞬は人の顔を忘れへんのやろ？　そしたらもう見る必要はないんとちゃうの？」

「あ……顔は覚えているんですけど、罪状までは自信がないので……」

「へえ。おもろいな」

大原が言葉どおり、興味深そうな顔になる。

「顔やったらほんまに、今までに見た人間全部、覚えてるんか」

「はい、多分……」

実際、証明しろと言われたらその術《すべ》はない。それで『多分』と告げた瞬を前に、大原はほとほと感心した顔になった。

「瞬の脳みそ、見てみたいわ。一度見た人間って何万人じゃきかへんやろ。それを全部覚えてとるて。ほんま、凄いわ」

「凄いっていったら、海さんの、一瞬にして覚えるっていうほうが凄すぎませんか？」

手放しで褒められたことに違和感を覚え、瞬が言い返すと、

「そやし、俺は一日しか覚えてられへんしな」

と大原は頭を掻《か》いた。

「毎日見て覚えればいいだけのことだ」

ここで徳永が話に加わってきたことに、瞬は戸惑いからつい、彼を見てしまった。

「もう、覚えたんだろう？」

徳永の視線は瞬ではなく、大原に向いている。

「はい。念のため、二回、見返しましたんで」

笑顔で胸を張る大原を前に瞬は声を失っていた。

「それなら万全だな」

満足そうに微笑《ほほえ》む徳永の顔を見る瞬の胸に、もや、とした思いが宿る。

もしやこの感情は――瞬の頭に昨夜佐生が不思議そうに告げていた言葉が蘇《よみがえ》っていた。

『ジェラシーは感じた？』

これがその『ジェラシー』だろうか、と自然と己の胸の辺りに手をやっていた瞬の耳に、淡々とした徳永の声が響く。

「十分後に出る。今日の午前中は東京駅。大原は八重洲《やえす》方面、麻生は丸ノ内《まるのうち》方面、俺は日《に》

本橋口《ほんばし》で張る。指名手配犯を見つけても単独では動かないように。いいな?」

最後の指摘は瞬にとってはわかりきったことであるので、大原向けと思われた。しかし返事をしないのも何かと思ったので瞬は、

「はい!」

と元気よく答えたのだが、途端に、

「声が大きい」

と徳永に睨《にら》まれ、しゅんとなる。

「元気があってええやないですか」

一方、相変わらず大原は、瞬のフォローに回ってくれる。ありがたいことであるのに、どうしてまた、もや、とした思いが立ち上るのだろうと思いつつ瞬は、

「すみません」

と徳永と大原に頭を下げると、せめて出るまでの十分の間、ファイルに集中しようとページを目で追い始めたのだった。

今日も『成果』をあげたのは大原だった。

『十四年前に指名手配された殺人犯、山口《やまぐち》悠太《ゆうた》を見つけました。合流願います』

彼から連絡があったときに瞬は正直、別人ではないかと思った。既に時効は廃止されているとはいえ、そうも昔に指名手配された犯人を見付けるなど、なかなかないのではと思ったというのに、駆けつけた瞬の目に飛び込んできたのは、確かに山口としか思えない男の十四年分年を重ねた顔だった。

三人で厳重に見張りつつ、徳永が連絡を入れた捜査一課の刑事たちが到着するのを待った。無事、逮捕されたことを確認できたあと、徳永が大原に「よくやった」と笑顔を向け、大原が「ありがとうございます」と答えるのを目の当《ま》たりにした瞬の胸には、やはりもやっとした感情が渦巻《うずま》いていた。

十四年前の殺人犯の逮捕に、マスコミはいちように色めき立った。『特能』の存在は世間的には明らかにされていなかったので、記者発表した捜査一課長がクローズアップされることになったが、警視庁内では新たなメンバーとなった『特能』の大原がこれでもかというほど取り上げられることになり、早速庁内報の取材は勿論《もちろん》、管理官ら『上層部』の面々が大原の顔を見ようと地下二階の『特能』を訪れるという展開となった。

「いや、ほんま、まぐれですわ」

天狗《てんぐ》になってもいい状況であるのに、大原はどこまでも謙虚だった。

嵐のような時間が去り、地下二階の部屋に特能の三人だけとなったのは、夜八時を回ってからになった。

「お疲れ」

徳永が大原に慰労《いろう》の声をかける。

「いやあ、ほんま、ぎょうさん人、来ましたね」

色々な人の相手をしていたせいで、すっかり声を嗄《か》らしている大原のために、瞬はバックヤードにある冷蔵庫にミネラルウォーターを取りにいった。

徳永の分と自分の分も取り出し、戻ってそれぞれに手渡す。

「おおきに」

笑顔で礼を言った大原は、キャップをすぐに開け、ごくごくと水を飲み干した。

「ああ、ようやく人心地がついたわ」

やれやれ、と溜め息をつく大原に対し、徳永もまたキャップを開けながらしみじみとした口調となる。

「十四年前の指名手配犯を逮捕したんだ。お祭り騒ぎにもなるというものだろう」

そう言うと徳永は改めて大原を見やり、微笑んでみせた。

「本当によくやった、大原」

「運がよかったんやと思います。山口がちょうど東京に出てきたタイミングで見つけられたんやないかと」

大原の返しはやはり謙虚だった。

「運も実力のうちだからな」

徳永にそう言われ、大原が嬉しそうな顔になる。

「ありがとうございます！」

瞬もまた、大原の働きには感心——というより、ほぼ感動していた。連日の逮捕は、本人の言うように巡り合わせもあるのだろうが、さすが、としか言いようがない。

一方自分はというと、昨日飲み過ぎたせいもあって、集中力が欠けていやしなかっただろうかと反省する。

「連日、祝杯をあげるというのもなんだし、お前も今日は疲れただろう。ここで解散にしよう」

徳永はそう言うと、大原と瞬に向かい、

「お疲れ」

と微笑み、部屋を出ていった。

「瞬はまだ帰らへんの？」

大原が瞬に問うてくる。

「経費の精算を終えたらすぐ帰ります」

「さよか。そしたらお先に」

大原もまた部屋を出ていく。彼を見送ったあと、瞬は我知らぬうちに自分が溜め息を漏《も》らしていることに気づいた。

やはりこの感情は嫉妬《しっと》――なのだろうか。

瞬自身、今まで警視庁内で持ち上げられてきたという自覚はあった。その対象が自分から大原に移ったことに関しては、思うところはなかった。

しかし――。

『本当によくやった、大原』

大原に対し、満面の笑みを向けていた徳永の端整な顔が瞬の脳裏《のうり》に蘇る。

羨《うらや》ましいと感じてしまった。それは否定できない、と考える瞬の口からはまたも溜め息が漏れてしまっていた。

経費の精算は急いでやるほどのものではなかった。単に自分が大原を避けただけだという自覚が、瞬を愕然《がくぜん》とさせていた。

紛《まご》うかたなく、これは嫉妬ではないのか。徳永にとって、この上なく有能な部下が現れたということで自分は嫉妬しているのかもしれない。

しかし、嫉妬したとして、何か有益なことはあるだろうか。

今までの人生で瞬は、他人に『嫉妬』を覚えたことがあまりなかった。人は人、自分は自分、と、いかなるときでも考えることができていたためだったが、ここにきて瞬は初めて『嫉妬』という感情を覚えたのかもしれなかった。

徳永に認められたい。自分が承認欲求を抱いていることを、瞬は生まれて初めて自覚していた。

認められるには何をしたらいいのだろう。答えはわかりきっていた。結果を出すことだ。それしかない。

結果を出すには？　何をすればいいのか。機会を設けることだ。

「…………」

これから一仕事、するとしようか。指名手配犯を張り込み、逮捕する。そうすれば徳永の目は自分にも向けられるのではないか。

目を向けられることが重要ではない。認められたい、そのためにも逮捕という結果を出したい。

今日はこれから、帰宅の前に新宿《しんじゆく》で張り込んでみよう。結果が出るかはわからない。しかし何もしないよりはマシだろう。

単独捜査については、決してしないようにと徳永からきつく言われていた。が、無茶さえしなければ許容範囲なのではないか、と自身を納得させる。

そうと決まれば、と、瞬は経費精算の画面を閉じ、パソコンも閉じた。

「よし」

誰にともなく声をかけ、一人頷《うなず》く。これから向かうのは、夜は人出が多いと思われる歌舞伎町《かぶきちよう》だった。犯罪者が身を隠すには夜の繁華街《はんかがい》は格好の場所だと思ったからで、今までにも何度か張り込んだことがあった。

そのときは当然ながら徳永も一緒ではあった。もし、指名手配犯を見つけた場合は偶然を装《よそお》い、彼に連絡をすることにしよう。心を決めると瞬は地下鉄の駅に勇んだ気持ちで向かったのだった。

新宿駅に降り立ち、歌舞伎町へと向かう。行き交う人は想像どおり多く、本来は違法である客引きも多数路上に出ている。

つい、注意をしそうになったが、刑事であることを明かすことになってしまうから、とそのまま通り過ぎ、その後、暫《しばら》くの間、『待ち合わせの人と会えない』体《てい》を装って歌舞伎町内を歩き続けた。

ホストが声をかけているのは未成年ではないのか。あれはＡＶのスカウトでは。歩いていると目に入るさまざまなことが気になり、見当たり捜査に集中できない。外が見えるカフェで張り込んだほうがいいかもしれないと思いつき、適したカフェを探そうと周りを見回したそのとき、

「あれ？　瞬じゃねえか」

と声をかけられ、聞き覚えのあるその声に瞬ははっとし、振り返った。

「高円寺《こうえんじ》さん」

「よお。どうした。一人か？」

一見ヤクザ風の外見ではあるが、おそろしく顔立ちの整った長身の男が、笑顔で瞬に歩み寄る。

「あ、はい」

頷いた瞬の顔を興味深そうにまじまじと見下ろしてきたこの高円寺という男は、新宿西署の刑事だった。

徳永とも小池とも仲がいい彼は、彼らと行動を共にしている瞬にも気さくに声をかけてくれる。見た目どおりのラテン系の明るい性格の持ち主である。

「ボッチで遊びに来たってふうには見えねえな」

「ち、違います。友達と待ち合わせなんですが、まだ時間があるのでちょっとぶらぶらしていただけです」

あぶない。彼に一人で見当たり捜査をしていると気づかれれば、それが友人である徳永の耳に入らないとは限らない。それで瞬は咄嗟《とっさ》に嘘をついてしまったのだが、高円寺はそれを聞き、

「へえ」

と相槌《あいづち》を打ちながらも、じろじろと顔を見つめてくる。

「そ、それでは失礼します」

長身の上、光沢のある生地の黒のスーツにアロハ柄のシャツという高円寺の姿は目立ちまくっていた。こんななりをしてはいるが、新宿の暴力団関係者には多分、高円寺が刑事であるということは知れ渡っているのではないかと思われる。

この短い間でも、会釈《えしゃく》をして過ぎていくそれらしい男たちが数名いたことでそう考えたのだが、一緒にいる自分も刑事だと知れ渡るのは避けたいと思ったこともあった。

それで瞬は早々に立ち去ろうとしたのだが、高円寺は何を思ったのか、

「待ち合わせは何時だ？」

と尚も瞬に絡んできた。

「九時です」

十分後の時間を告げ、またも去ろうとしたが、高円寺に腕を摑《つか》まれてしまう。

「あと十分か。お茶しようぜ」

「あの、ええと」

「友達をそこに呼べばいい。行こうぜ」

「あの」

この強引さはもしや、嘘だと見抜かれたのだろうか。後ろ暗かっただけに瞬は逆らうことができず、そのまま歌舞伎町を通り抜け、瞬も何度か徳永に連れていってもらったことのある新宿二丁目のゲイバー『three friends』に連れていかれてしまった。

「あら、早いわね」

カランカランとカウベルの音を響かせ、開いたドアから店内に入ると、客が一人もいない中、カウンターの内側から店主のミトモが声をかけてきた。

「珍しい取り合わせじゃない？」

いらっしゃい、と瞬に向かって微笑《ほほえ》んだミトモはエキゾチックな美人風なのだが、高円寺曰《いわ》く、『二丁目のヌシ』といわれるほどの情報通であるらしい。

『ヌシ』というのは年齢的な揶揄《やゆ》でもあるそうだが、そこは突っ込まないようにという注意を以前瞬は徳永から受けたことがあった。

「歌舞伎町で会ったのよ」

ほら、座れ、とカウンターに促され、瞬は仕方なくミトモの正面の背の高いスツールに座る。と隣に高円寺が腰を下ろし、オーダーした。

「腹減ってんだけど。焼きうどん、作ってくれよ」

「ウチはバーよ。焼きうどんなんてあるわけないでしょ」

ミトモはむっとしたように言い返したが、高円寺はまるで聞いておらず、

「この店は焼きうどんだけ美味《うま》いんだ」

と瞬に笑いかける。

すでに九時は過ぎていたが、『友達を呼べ』といった台詞《せりふ》を彼が口にすることはなかった。やはり嘘を見抜かれていたようだと瞬は察し、それを詫《わ》びたほうがいいかと高円寺に身体を向け頭を下げた。

「すみません、嘘をつきました」

「あら、懺悔《ざんげ》タイム？　この子、何やっちゃったの？」

ウキウキした口調で首を突っ込んできたミトモを高円寺は、

「いいから焼きうどん作ってこいって」

と追い払うと、

「だからウチは飯屋じゃないって言ってるじゃないの」

とぶつぶつ言いながらも奥へと引っ込んだミトモの背を見送ってから、瞬に向き直り笑いかけてきた。

「一人で見当たり捜査をやろうとしてたんだな、やっぱり」

「……はい……」

「ニューフェイスの頑張りで焦ったか」

「もう、ご存じなんですね」

さすがだ、と瞬は思わず高円寺を見やった。

「さっきまで小池と一緒にいたからな」

情報源は彼だ、と明かす高円寺に、瞬は意外さからつい、

「小池さんと？」

と問い返してしまった。

「ああ、今回、ペア組んでるんだ。ちょっくら大がかりな事件なもので、今回は本庁と所《しょ》轄《かつ》でペアを組むことになってな」

「大がかりって？」

どうしても興味を抱いてしまい、問いかけた瞬だったが、高円寺に苦笑され、我に返った。

「すみません……」

謝罪中だった、と項垂《うなだ》れた瞬を見て、小池が豪快な笑い声をあげる。

「やっぱり面白いわ、お前」

「うるさいわねえ。店の外まで響いてるんじゃないの」

と、そこに大皿に盛った焼きうどんを手にミトモが奥から姿を現し、じろ、と高円寺を睨《にら》んだ。

「はい。どうぞ。高いわよ」

「お！　これだよこれ。やたらと美味《うま》いんだよ」

食おうぜ、と高円寺が瞬に言い、ミトモが渡してきた小皿と箸《はし》を受け取る。

「しかし……」

また謝罪が中断してしまう、と瞬は躊躇《ためら》ったが、

「出来立て食わねえとミトモが怒るから」

と高円寺に言われては謝り続けることもできず、ミトモから受け取った小皿に焼きうど

んを取り、一口食べた。

「美味《おい》しい！」

世辞《せじ》ではなく本心から瞬は大きな声を上げていた。ソースの香ばしさといい、麺《めん》のもちもちさといい絶品だ、とすぐに大皿に箸を伸ばす。

「だろ？」

得意げな顔になる高円寺に、

「作ったの、アタシなんだけど」

とミトモは腕組みをし睨んでみせたが、機嫌は良さそうだった。

「なるほど。この坊やを拾っちゃったから、夕食も食べずに真っ直ぐウチに来たってことね」

「まあな。小池にメシを断られたってのもあるけどな」

肩を竦《すく》める高円寺にミトモが尋ねる。

「で？　アタシには何を依頼しに来たの？　もしや徳永さん絡み？」

ちらとミトモが瞬を見る。

「いや、今回は徳永も瞬も関係ねえよ」

高円寺の言葉にミトモは、

「なーんだ」

とあからさまにがっかりしてみせると、ふてくされた様子で問うてきた。

「で？　なに？」

「やる気を見せろや。でかい事件《ヤマ》なんだからよ」

まったくもう、と高円寺が呆《あき》れてみせるのに、

「事件の大きさなんて関係ないわよ。私好みのイケメンがかかわっているかどうかが重要なの」

ミトモはどこまでもマイペースといった感じでそう言うと、

「で？　なに？　最近話題の違法カジノ？」

と投げやりな口調で高円寺に問いかけた。

「まさにビンゴ。さすがミトモだぜ。焼きうどんはうめえしカンは冴えてるし」

よっ、とわかりやすいヨイショをしながら、高円寺が焼きうどんを頬張《ほおば》る。

「あ、あの……」

この話は自分が聞いていていいのだろうか。帰ったほうがよくないか、と瞬は慌てて立ち上がろうとした。が、まだ謝罪も中途半端だし事情もまったく話していないしと、その場で固まってしまう。

「気にすんな。お前の捜査とはかぶらねえから」

高円寺が鷹揚《おうよう》な性格であることは見た目からも推察できたが、ここまでとは、と瞬は感心してしまったのだが、確かに自分が携《たずさ》わっているのは過去の事件の捜査ともいえる『見当たり捜査』だ、と納得もした。

そして、その自分の担当している捜査で、徳永から止められたことをしようとしていたのだ、と瞬は改めて高円寺に頭を下げた。

「嘘をついて申し訳ありませんでした」

「来たばっかりの新人に、十四年前の指名手配犯をあげられて焦ったんだな」

空《から》になった大皿をミトモに返しながら、高円寺が瞬に確認を取る。

「……はい」

「え？　徳永さんの下に新人が入ったの？　イケメン？」

うきうきと会話に加わろうとするミトモに高円寺は、

「いいから酒くれ、酒」

とうるさそうな顔でそう言うと、改めて瞬に話しかけてきた。

「焦っても仕方ねえだろ。それに見当たり捜査官ってやつは、面が割れちゃマズいんじゃねえのか？　歌舞伎町ではお前、ずいぶん目立ってたぞ」

「えっ」

そんな、と絶句した瞬の肩を高円寺がぽんと叩く。

「裏社会の奴らは、刑事に鼻が利《き》くんだ。何度も道を往復したり人の顔を凝視したりすりゃあ、注目されちまうんだよ。お前はすでに目をつけられつつあった。それで声をかけたのさ」

「そう……だったんですね……」

高円寺に声をかけられたら刑事だと見抜かれるなどと思っていた自分に対し、反省しきりとなっていた瞬は、改めて深く頭を下げた。

「本当に申し訳ありません」

「元気出せや。お前はお前できっちり結果出してるじゃねえか。それが認められての増員だろ？　焦ることはねえ。今までどおりに頑張りゃいいんだ」

「……はい……はい……」

高円寺の言葉を聞くうちに胸に巣くっていたもやもやした思いが鎮《しず》まっていくのを瞬は感じていた。

なぜ、大原に対して嫉妬《しっと》を覚えたのか。徳永に自分も認められたいと願ったが、それは徳永が自分を認めていないという前提があってのことだ。なぜ、自分は徳永に認められていないなどと感じてしまったのか。

　新しく加わった大原の働きは素晴らしい。それに嫉妬するのではなく、自分も頑張ろうと発奮するのはまだわかる。彼が徳永に褒められたのを見て嫉妬するなど、あまりに子供じみた心理で、恥ずかしくなる。

「ああ、もう、飲めや。そんで今夜のことはさっさと忘れて、明日からまた頑張れ。ミトモ、酒だ酒。俺のボトル、まだあったよな？　あ、りゅーもんがヘネシーとか入れてなかったか？」

「ヘネシーなんていつまでもあるわけないじゃない。とっくの昔にひーちゃんが飲んじゃったわよ」

「なに!?　で？　やつは何入れたって？」

「ハーパー。ロックでいい？　そっちの坊やは水割り？」

　ミトモに問われ、瞬は「はい」と頷《うなず》いてから、おずおずと高円寺に切り出した。

「あの、俺が入れましょうか。ヘネシー」

「アホ。子供はおごられてればいいんだよ」

　パシッと高円寺が瞬の頭を軽く叩く。

「酒を飲む子供はいないけどね」

すかさず突っ込みを入れたミトモが、瞬に「はい」と水割りを差し出した。

「ヘネシーはいいから、今度徳永さん、連れてきてよ」

「あ、はい。わかりました」

頷いた瞬に高円寺が「安請け合いすんな」と笑っている。

「ミトモはしつけえぞ」

「あら失礼ね」

むっとしてみせたミトモが「それより」と視線を瞬へと向ける。

「その新入りについて教えてよ。やっぱり『忘れない男』なの？」

「そこは俺も興味があるな」

高円寺もまたミトモから受け取った酒を一気に呷《あお》ると、言葉どおり興味津々《しんしん》といった顔で瞬に向かって身を乗り出してくる。

「記憶力を買われての配属なんだよな？」

「はい。凄《すご》いです」

「どう凄いの？」

「ええと……」

この二人なら明かしても大丈夫だろうと瞬は判断し、大原の記憶力について説明することにした。

「一瞬にして見たものを覚えられるんです。人の顔だけじゃなく文字から何から」

「え？　どういうこと？」

ミトモが戸惑った顔になる。

「指名手配犯の写真と罪状などが書いてあるリストのページをパッパッて捲《めく》るだけで全部頭の中に入ってるんです。それこそ……ああ、そう、スキャンしたみたいに」

「凄いな、そりゃ」

「超人的よね」

高円寺とミトモが二人して感心した声を上げる。

「よく頭がパンクしないものよね」

「ずっと覚えているわけではないそうです。一日は覚えているけど、その次の日はわからないかも、と」

「一日限りか。でもま、一瞬で覚えられるんだったら、毎日指名手配犯のリストを見りゃすむことだ」

パッパッとページを捲る素振りをしながら、高円寺が一層感心した声を上げる。

「凄いな、さすが『特殊能力係』。特殊な野郎がそろってるぜ」

ここで高円寺がふと気づいた顔になり、

「『野郎』なんだよな？」

と確認を取る。

「はい。三十歳の男性です」

「あら、新人じゃないの？　ああ、中途？」

ミトモが意外そうな声を出すのに瞬は、

「いえ、三年目の若手です」

と答えたのだが、それを聞いて高円寺もまた不思議そうな顔になった。

「そんな記憶力がいい奴がなんで『特能』発足時にメンバーにならなかったんだ？」

「……さあ……」

「拒否ったんじゃない？　捜査一課でバリバリ働きたいって」

「あ、捜査三課です」

「あら、三課なの」

ミトモがまた、意外そうな顔になる横から高円寺が、

「なんて奴だ？」

と名を問うてくる。

「大原さんです。大原海さん」

「大原……知らねえな」

首を傾《かし》げた高円寺が、

「特徴は？」

と問いを重ねる。

「サーファーみたいに日焼けをしていて、関西弁で、とにかく明るい人です。パリピ風というか」

「パリピ！」

「徳永と相性悪そうだな」

へえ、と驚いてみせた高円寺だが、

「まあ、実力がありゃ、見た目はどうでもいいんだろうな」

とすぐさま己の言葉を打ち消した。

「そんな目立ちそうなキャラなのに、記憶力がいいことは有名じゃなかったって、隠してでもいたのかしらね」

ミトモは尚も首を傾げていたが、気になるところは他にあるようで、

「イケメン？」

とそれを問うてくる。

「はい」

「関西弁のイケメン。誰かを思い出すわね」

「あいつはパリピじゃねえだろ」

「あ、そうね」

瞬には理解できない会話をしていたミトモが高円寺に頷いたあとに、視線を瞬へと向けてくる。

「徳永さんを連れてくるとき、そのパリピも連れてきてよ」

「それは……」

ハードルが上がった。しかしきっと大原ならミトモや高円寺とすぐに打ち解けるに違いない。

自分以上に――と、またいらぬ嫉妬をしかけていることを自覚し、反省した瞬の心理に気づいたのか、高円寺が瞬の背をどやしつける。

「さ、飲もうぜ。瞬、腹のほうは大丈夫か？　焼きうどんは俺がほとんど食っちまったけど」

「だからここはバーだって言ってんじゃないの。乾きもんで我慢しなさい。ああ、お寿司とってくれてもいいのよ」

「なら寿司屋に行くわ。なあ、瞬」

高円寺とミトモの丁々発止《ちょうちょうはっし》のやり取りに、この上ない自分への気遣いを感じる。本当にあたたかな人たちだと感動しながら瞬は、いつか恩を返せるといいと願いつつ、二人とともにグラスを重ねたのだった。

4

前日、新宿二丁目で飲みすぎてはいたが、気力で早起きし、瞬は職場へと向かった。

「おはようございます」

「おはようさん」

「おはよう」

室内にはすでに大原と徳永がデスクで座り、指名手配犯のファイルを捲《めく》っていた。

「すみません……っ」

自分としてはかなり早い時間に来たつもりだったが、二人とも更に早かったとは、と驚いたこともあって瞬はつい、謝罪の言葉を口にしていた。

「謝る必要はない」

「せや。瞬はもう、このファイルが頭に入っとるんやからな」

途端に二人からフォローの言葉をかけられ、いたたまれない気持ちになる。しかし卑屈《ひくつ》

になってはいけない。自分は自分で頑張るのみだ、と自身に言い聞かせると瞬は、

「ありがとうございます」

と二人に礼を言い、コーヒーを淹《い》れにバックヤードへと向かった。

今日もまた、コーヒーメーカーはセットされていた。

「あ」

昨夜帰るとき、自分はコーヒーメーカーを片付けただろうかと考え、忘れた気がする、と慌てて戻る。

「すみません、海さん！　俺、昨日コーヒーメーカー、片してなかったですよね？」

「え？　ああ、別に気にせんでええで」

やはり思い出したとおり、片付けていなかったらしいと大原の言葉でわかり、瞬は更に深く頭を下げた。

「ほんと、すみません！」

「ええて。それより、徳永さん、今日はどこで張り込みますか？」

話題を変えようとしてくれたらしい大原の言葉に、徳永が答える。

「そうだな。歌舞伎町にするか」

「……っ」

瞬が思わず息を呑《の》んだのは、昨夜の自分の『失態』を思い出したからだった。

昨日の今日だが、大丈夫だろうか。案じていた瞬の前で大原が意外そうな顔になる。

「歌舞伎町ですか。午前中はそんなに人もおらんのやないかと……」

「逆に、その時間にしかいないケースもある。かつて過ごした場所からはなかなか離れられないようでな」

「…………」

なるほど。もともと歌舞伎町を根城にしていた指名手配犯は、もといた場所に戻る可能性が高いということか。納得した瞬の横では大原もまた、

「そないなこともありそうですね」

と頷《うなず》いている。

「今日も気合入れていきますわ！」

笑顔でそう告げた彼の声は弾んでいた。表情にも自信が漲《みなぎ》っているのがわかり、瞬もまた声を張る。

「頑張ります！」

「二人とも煩《うるさ》い」

徳永には眉《まゆ》を顰《ひそ》められたが、怒られるのが一人ではなくなったのはある意味頼もしい。

そんなことを思いながら瞬は、大原とともに、

「すんません！」

「申し訳ないです」

と謝罪をし、

「だから声が大きいと言ってるだろうが」

と徳永に呆《あき》れられたことで大原と二人、顔を見合わせ笑い合ったのだった。


歌舞伎町で瞬は息を殺すようにして見当たり捜査を行っていた。

実際、昨夜見かけた暴力団関係者と思《おぼ》しき人間を多数、認識しており、彼らの中で自分のことを覚えている人間がいたらどうすればいいのかと、身を竦《すく》ませていたのだった。

怪しまれないようにと、道路に面したカフェから行きかう人を見る。と、偶然瞬の視界に見知った人物が二人、飛び込んできた。

昨日世話になった高円寺と、小池である。高円寺は昨夜は泥酔《でいすい》しているように見えたが、そんなことを感じさせない溌剌《はつらつ》とした様子だった。小池のほうが少し疲れているように見

える。

そういえば昨日高円寺が、今、大がかりな事件の捜査に携《たずさ》わっており、小池とペアを組んでいると言っていた。小池は高円寺の夕食の誘いを断ったと聞いたので、もしや解散後、警視庁に戻って調べものでもしていたのかもしれない。

「あ」

二人の様子を見るとはなしに見ていた瞬の視界にもう一人、見知った顔が過ぎる。歌舞伎町に馴染《なじ》む肌の色だ、と瞬が見やった先では、褐色《かっしょく》の肌と茶髪の持ち主である大原が小池に声をかけているところだった。

小池が驚いた顔になっている。と、横にいた高円寺が小池に声をかけて歩き出す。小池は慌てた様子で高円寺の後を追い、大原はそんな二人を笑顔で見送ったあと、違う方向に歩き出した。

時間にして三十秒もかかっていなかった。小池と大原の偶然の出会いとは、レアな場面を見たものだ、と瞬はふらふらと歩いていく大原の姿をつい、目で追ってしまう。

大原はまったくもって『自然体』だった。昨夜、自分が高円寺に指摘されたように、きょろきょろしたり行きかう人の顔を凝視したりしている様子はない。

ナンパのためにうろうろしているようにしか見えない。さすが三年目、さすが警視庁の刑事だ、と、感心する瞬の口からは思わず溜め息が漏《も》れていた。

しかし落ち込んでいる場合ではない。自分も頑張らねば、と気合を入れ、そろそろ店を変えようと窓辺の椅子《いす》から立ち上がりかけた瞬の目が、一人の男をとらえる。

坊主頭《ぼうずあたま》の痩《や》せた男だった。年齢は四十代後半か。その場に足を止めた彼の視線の先には、先ほど立ち去ったばかりの大原の背があるように——見えた。

すぐに坊主頭の男は歩き出したが、なぜだか妙に瞬はその男が気になり、あとを追ってみようかと思いついた。

指名手配犯のリストの中にはない顔だった。今までの人生で見た顔かとなると、知らない、という気はしている。

記憶を掘り起こしても出てこない。しかし何かが引っかかる、と思いながら尾行しようと心を決めたそのとき、ポケットに入れていた瞬の携帯が着信に震えた。

「はい。麻生です」

かけてきたのは徳永だった。

『場所を変える。十五分後にＪＲの駅集合で。渋谷《しぶや》に向かう』

「わ……かりました」

返事が胡乱《うろん》になってしまったのは、未だ瞬が坊主頭の男を目で追っていたためだった。

『何か気になることが？』

「あ、はい。あ、いや、なんでもないです」

しかし具体的に何が気になるのか、自身でもわかっていなかったこともあって瞬は言葉を濁《にご》すと、

「すぐ駅に向かいます」

と告げ、電話を切った。

次は渋谷か。渋谷駅の周辺も随分《ずいぶん》と変わったが、相変わらず人通りは多い。指名手配犯が身を隠す場所はいたるところにありそうだ。

よし、と気合を入れ直すと瞬は、トレイを手に返却口へと向かった。店を出るとき、自然と周囲を見回してしまっていたが、すぐ、こうした素振りが刑事っぽいと思われるのではと気づき、慌てて目を伏せる。

自然に歩く術《すべ》を身に着けよう。スーツ姿の自分は他人からはどう見えるだろうか。サラリーマンか。しかし手ぶらのサラリーマンは少ない気がする。今度から鞄《かばん》を持つようにするか。

鞄よりリュックだろうか、とすれ違った若いサラリーマンを目で追ってしまっていた瞬は、このままでは待ち合わせに遅れてしまう、と急いで駅へと向かった。

「すみません」

待ち合わせ場所には徳永も、そして大原も既に到着していた。

「時間にはまだ間がある。行くぞ」

徳永は瞬の謝罪を退け、すぐに歩き出した。

「歌舞伎町は空振《からぶ》りやったな。ああ、せや、小池さんに会《お》うたで」

瞬の気持ちを盛り上げようとしてくれたのか、大原が笑顔で話しかけてきた。

「そうなんですか」

『見ました』というのもな、と思い、瞬は気づかなかったふりをしたのだが、そのせいで一抹《いちまつ》の罪悪感を覚えることとなった。

「思いもかけへんところで偶然会ういうんも楽しいもんやな。瞬はどの辺を張っとったん？」

「ええと……アーケードの近くのカフェで……」

嘘などつくものではない。更に嘘を重ねなくてはならなくなった。実際いたのは奥まった場所にあるカフェだった。目が泳ぎそうになっていた瞬だが、幸いにして大原の興味は『カフェ』へと逸《そ》れた。

「なるほど。己は動かず、人の流れを見る、いうんはええ手やな。カフェか。よし、渋谷では自分もカフェスタートにするわ。徳永さん、ええですか？　あ、別に休みたい、言うとるわけやないですよ」

どこまでも明るい大原を前に瞬はさすがだなとしか思えずにいた。物怖《ものお》じしない性格はやはり彼が『パリピ』だからか。今まで瞬の周りに大原のような男はいなかったので戸惑ってしまうが、徳永の仏頂面《ぶっちょうづら》を見ても臆するところがないのは凄《すご》い、と感心していると、徳永に無視されたからか、またも大原が話しかけてきた。

「今日もがんばろな。連日結果出したりしたら、かっこええもんな」

「が……んばります！」

それができれば。『かっこいい』どころか警視庁内は昨日のような騒ぎになろう。それをこうもさらっと言うとは、大原にとっては『連日結果を出す』ことがそう難しいことではないからではないか。

本当に凄い。感心すると同時に胸の中にもやっとした思いが立ち上る。しかし瞬はすぐ、そうじゃないだろう、と自らその思いを断ち切ると、自分は自分で頑張ればいいのだと一人拳を握り締めた。

渋谷で瞬はスクランブル交差点の割り当てとなった。待ち合わせを装《よそお》い、二十分ほどで場所を変えて、交差点を行き来する人の中から指名手配犯を見つけようとする。

平日の昼だが人出は相変わらず多かった。場所柄、若者が多い。信号が青になるたびに大勢の人間が駅に向かって押し寄せてくる。その顔一人一人を注視するのはさすがの瞬も疲れたが、気力を奮《ふる》い立たせ人波に視線を送り続けた。

結局、渋谷での捜査も空振りに終わり、その後場所を移した六本木《ろっぽんぎ》でも成果なしとなった。

「そないうまくはいかんか」

大原は本気で連続逮捕を狙っていたようで、引き上げる際には心底がっかりしているような表情となっていた。

「連チャン、狙っとったんやけどな」

「目標を高く持つのはいいことだが、焦る必要はないからな」

警視庁に戻ってからの反省会で、がっかりしている大原の肩を徳永が叩く。

「張り切りすぎると継続が難しくなる」

「……っ」

それを聞き、瞬は自分への言葉としか思えず、どきりとしてしまった。

「確かに、焦っとったかもしれません。はい。明日からも頑張りますわ」

徳永の言葉は言われた当人である大原の胸にも響いたようで、反省した顔になった彼が頭を下げる。

と、そのとき、特能のドアがノックされた直後に開き、

「お疲れさまです」

と小池が室内に入ってきた。

「どうした、小池」

「昨日の大原フィーバーに乗り損《そこ》ねたもんで」

小池はそう言うと大原へと歩み寄り、

「凄いな、お前」

と言いながら彼の背をバシッと叩いた。

「一緒に祝杯あげそこねたのが心残りでなあ」

「祝杯、あげてへんけど」

「え」

大原の言葉に小池は心底驚いたらしく、大きな声を上げたあとに、バッという効果音が出そうな勢いで徳永を振り返った。

「十四年前の指名手配犯を逮捕したのに、祝杯あげてへんのですか?」

「お前まで妙な関西弁になってるぞ」

徳永が呆《あき》れた顔になる前で、大原が「ほんまですね」と笑っている。

「うつってたか」

小池が照れた顔になったあとに、頭を掻《か》きつつ言葉を続ける。

「実はてっきり『三幸園』かと思って昨日の夜中覗《のぞ》いたんですよ。そしたら来てないっていうので、ことがことだけに超高級店にでも行ったのかと思ったんですが……」

「昨日は管理官やら捜査一課長やら、それに副総監やらが次々大原に話を聞きに来たからな。それに警視庁内報の取材もあった。祝杯は後日改めて、となったんだが、今日なら行けるか？」

徳永が小池に笑いかける。

「モチのロンです！　どうします？　『三幸園』ですか？　それとももっと高級店？」

「高級なんて。いつも皆さんが行ってるところでお願いしますわ」

大原の言葉を受け、いつものように『三幸園』へと向かったのだが、運悪く三階座敷は近くの会社の懇親会《こんしんかい》で使われているということだったので、近所の、やはりよく行く中華料理店、パレスサイドビル内の『赤坂飯店《あかさかはんてん》』の個室で祝杯をあげることになった。

「ここは担々麺《たんたんめん》が美味《うま》いんだよ」

小池が大原に教えている。

「初めて来ましたわ。同じ警視庁でも一課と三課は違うんやなと思いました。ああ、特能も、です」

へえ、と興味深そうにメニューを見やる大原に小池が問いかける。

「三課の行きつけは？」

「赤坂が多かったような……あ、課長のホームグラウンドやいうことで、新宿もよう行きました。渋谷が好きな先輩もおったかな」

「パリピは六本木とか言うかと思ったぜ」

「別にパリピやないですよ。日焼けはサーフィンやっとるだけで」

「サーファーなんですね、やっぱり」

瞬が問うと大原は、

「あまり得意やないけどな」

と苦笑した。

「丘サーファーかよ」

「海にはよう行きますけど、浜にいる時間のほうが長いです」

「やっぱりパリピじゃないか」

小池が呆れた声を上げるのに、大原は「ちゃいますって」と笑っている。

「サーフィンはいつから始めたんだ？」

と、ここで徳永が問うてきたことに、瞬は一抹《いちまつ》の違和感を覚え、彼を見やった。

「大学からです」

「大学？　十年以上やってるんなら、充分だろ」

小池が言うのももっともだ、と頷く瞬の前で、大原がまた頭を掻く。

「入り直してからやから。それにほんま、才能ないみたいなんや。海は楽しいからよう行くんやけどな」

「三課に入ったときから目立ってたもんな。見た目によらず真面目《まじめ》ってことで」

「それは褒めとるんですか。けなしとるんですか」

小池の言葉に大原が突っ込み、場が笑いで和《なご》む。

「あ、そうそう。高円寺さんが気にしてたぞ。『特能』の刑事は、任務中、同業者には声をかけないほうがいいんじゃないかって」

「え？　あ、小池さんと一緒にいた、あのヤのつく自由業みたいなナリした刑事、高円寺さん、いうんや」

大原が問う横から、徳永が小池に、

「高円寺さんに大原を紹介したのか？」

と尋ねる。

「いえ、紹介はされてまへん」

「ああ、そういや……」

　小池が思い出した顔になる。

「紹介はしてないのに、大原が特能の刑事と気づいていたな。大原のことは噂になっていたとはいえ、さすが情報通ですね、高円寺さんは」

　小池が感心した声を上げ、大原もまた「ほんま、凄いわ」と感心している。

　なぜ、高円寺が大原を『特能』の刑事と認識したか。瞬にはその心当たりが痛いほどにあった。

　昨夜ミトモの店で、問われるがまま、大原の外見を説明したからだろう。彼らが偶然会った場面も見ていたが、ほんの数秒の出来事で、互いに紹介しあった様子はなかった。

　小池はまるで疑っていないが、このまま黙っていていいだろうか。自然と瞬の視線は徳永へと向かっていた。

「そうか」

　徳永はちらと瞬を見たものの、何を言うこともなく笑顔で頷いただけだった。

「高円寺さんの指摘は正しい。我々、見当たり捜査にかかわる人間は、犯罪者に顔を覚えられるわけにはいかないからな」

「すみません……ほんま、気をつけます」

殊勝《しゅしょう》な顔で大原が頭を下げる。

「意識が足りなかったかもしれまへん。見当たり捜査員として一日も早く一人前になれるよう、努めますんで」

「ああ。期待しているぞ」

徳永が笑顔で頷くのを見て、大原がほっとした顔になる。瞬もまたほっとしてしまっていたのだが、自分自身もそうした自覚は持っていただろうかと自身を振り返り反省した。

「しかし徳永さん、超絶記憶力の持ち主を二人も部下に持つって、いよいよ『特能』の時代が来ましたね」

小池がまるで我がことのように喜んでみせ、グラスを手に取る。

「乾杯しましょう。『特能』の未来に！」

「ありがとう」

徳永が礼を言い、彼もまたグラスを手に取る。瞬も、そして小池もグラスを持ち、皆で乾杯した。

「これで逮捕者が増えたら、更に増員というのもありかもですね。とはいえ、記憶力がこうも優れている人間が警察内にいるとは思えませんが……」

小池の言葉に徳永が、

「記憶力に関しては努力次第でなんとかなるからな」

と実に重い言葉を告げる。

「勿論《もちろん》、もともと備わっているに越したことはないだろうが」

「努力……できる人間とできない人間がいそうですよね」

小池が頭を掻いたのは、自分が『できない』ほうだと踏んだからだろう、と判断していた瞬をまたちらと見たあとに、徳永が口を開く。

「向き不向きだ。いわば適性だな。お前は捜査一課の刑事としての適性があるのだから、何も特能への適性については考える必要はないだろう」

「そう言ってもらえるとほっとします」

小池が言葉どおり安堵《あんど》した顔になるのを見て、徳永が微笑《ほほえ》む。

「能力があっても適性がなければあかん、いうわけですよね。肝《きも》に銘《めい》じます」

その横では大原もまた真面目な顔でそう告げ、大きく頷いていた。

「…………」

自分は――どうなのだろう。その思いが瞬の頭に浮かぶ。

人の顔を覚えるという能力はある。だが適性に関しては？

あると信じたい。確かめたいという衝動が瞬の中に沸き起こったが、直接徳永に問うことは躊躇《ためら》われ、顔を伏せる。

刑事になりたいという気持ちは子供のころからあった。憧れていたのは捜査一課の刑事で、存在すら詳しくは知らなかった『見当たり捜査』に自分が携《たずさ》わるとは、考えたこともなかった。

しかし人の顔ならいくらでも覚えられるという能力を徳永に気づかれたことで、特殊能力係に配属となった。

適性があると思われたがゆえだろうが、実際、期待に応えられているといい。いや、違う。期待に応えられるよう頑張るだけだ。

よし、と拳を握り締めた瞬の前では大原が、

「俺、頑張ります！」

とやる気に溢《あふ》れる声を上げている。

今、彼のイントネーションは関西弁風ではなかった。やはりいつもの関西弁は作った感があるな、と思いながら眺めていた瞬は、ふいにその大原から視線を向けられ、はっと我に返った。

「頑張ろうな、瞬」

「はい！　頑張ります！」

自然と高くなった声を、徳永がいつものように「大きすぎる」と注意する。

「すみません！」

「いいからそろそろ、シメの担々麺《たんたんめん》のオーダーを。ここは閉店時間が『三幸園』に比べて早いからな」

「あ、そうでした。すみませーん！」

小池が声を張り上げる。その役目は自分だった、と瞬は慌てて小池に「すみません」と詫《わ》びたのだがすぐ、

「気にするな」

と笑って返されてしまった。

「俺の『適性』だ。徳永さんのオーダーを店に通すというな」

「俺も身に着けられるよう、頑張るわ。瞬もがんばろうな」

すかさずフォローよろしく大原が声をかけてくれるのに、先輩に気を遣わせてしまった、と落ち込みそうになったのを慌てて軌道修正する。

「頑張ります！」

そう。落ち込んでいる暇があったら、頑張ればいいのだ。秘かに心の中で頷いた瞬に徳永が声をかけてくる。

「だからお前は声が大きい」

「すみません！」

謝罪の声も大きくなってしまったが、徳永は眉《まゆ》を微《かす》かに顰《ひそ》めただけでそれ以上の注意を促すことはなかった。

「にしても、いいチームになりそうじゃないですか」

小池の言葉に徳永が「そうだな」と笑っている。

いいチーム――そうなるよう、尽力する。徳永が作った『見当たり捜査』に特化した係が最大限機能するよう頑張るのみだ。

よし、と一人頷いていた瞬にまた、大原が笑いかけてくる。

「ほんま、頑張ろな」

「はい！」

頼もしいことこの上ない記憶力を持つ先輩と共に、徳永を守り立てていけるといい。心からの願いを胸に瞬は大きく頷き、またも徳永に「声が大きいと言ってるだろうが」と新たな注意を受けることになったのだった。

閉店が二十三時だったので、まだ終電までには余裕があると、小池と大原は二人して二次会に向かったようだった。

瞬と徳永はそのまま駅直結のビルから地下鉄のホームに下ったのだが、そこで徳永はさもなんでもないことを語る口調で瞬に問いかけてきた。

「高円寺さんに喋《しゃべ》ったのはお前か？」

「あ……」

どう答えるかと迷ったのは一瞬だった。嘘や誤魔化《ごまか》しをしたくないという思いから瞬はひとこと、

「申し訳ありません」

と頭を下げたあとに、高円寺に語るに至ったことの経緯を説明した。

「……一人で見当たり捜査をしようとしたことも、高円寺さんやミトモさんに喋ってしまったことも、本当に申し訳ありませんでした」

「後半は問題ないだろう。前半は問題だが」

徳永はどこまでも淡々としていた。瞬にそう言ったかと思うと、真っ直ぐに目を見つめてくる。

「敢《あ》えて言うまでもないが、我々はチームだ。それぞれがベストを尽くすことで最大限の

効果が得られる。そういうチームを俺は目指したい」

徳永はそう言うと、ぽん、と瞬の肩を叩いた。

「単独行動は今後も禁止する。いいな？」

「はい。申し訳ありません」

深く頭を下げた瞬の肩を徳永は再び、ぽん、と叩くと、ふと思いついた顔になり問うてきた。

「前にも聞いたが、大原の記憶力について、お前の思うところを教えてほしい」

「思うところというのは？」

どういう意味だかわからず、問い返した瞬に徳永は少し考えたあとに問いを発する。

「彼の超絶といっていい記憶力だが、本人に自覚はあっただろうか？」

「……あった……ような気がします」

瞬が頷いたのは、大原が『一夜漬け』のことを持ち出したのを思い出したからだった。

「とはいえ、それが特殊と感じていたかはわかりません。俺も徳永さんと会うまでは、世の中の人全員が人間の顔を覚えていると考えていたので」

「お前はそうだったな」

徳永が頷いたあと、ぽつ、と言葉を漏《も》らす。

「大原は……どうだろうな」

「自覚があるとなしだと、何か違ってくるんですか？」

問いかけた瞬だったが、すぐに答えを見つけることができた。

「記憶力がいいことを隠していたんじゃないかと、徳永さんは考えているんですか？」

「……もし、新聞の紙面をまるまる覚えられる能力がある人間がいたら、話題になりそうなものだと思ったんだが、今回のテストを受けるまで彼の記憶力については誰も認識していなかった」

「機会がなかったんじゃないかと……」

自分に置き換えて考えてみる。自分もまた、『特殊能力』についての自覚はなかった。大原はどうだったのだろう。一夜漬けが得意とわかっていたのなら、多少の『自覚』はあったかもしれない。

しかし、自覚の有無が何にかかわっているのかがわからず、首を傾《かし》げる。

「もしも……何かしらの罪悪感があったら、隠すかもしれない……んですかね？」

とはいえ、記憶力がいいということを隠さねばならない理由はない。瞬は正直、徳永が何を問題にしているのかがわからなくなっていた。

「あの……」

それで問いかけようとした瞬に、徳永が笑いかけてくる。

「いや、悪い。忘れてくれ。考えすぎなんだろう。多分」

「何を考えたんですか？」

それは聞いておきたい。問い返した瞬に対し、徳永は、

「いや、たいしたことじゃない」

と答えてはくれなかった。

徳永は何を気にしたというのだろう。考えたが瞬にはわからなかった。そこにちょうど電車がホームに滑り込んできたため、反対方向に乗る徳永とは別れることになったのだが、別れ際に見た徳永の表情が心持ち曇っているように感じられたことは暫《しばら》く瞬の中に疑念と共にひっかかっていた。

5

翌日、瞬はいつもの時間に出勤した。後輩ゆえ誰より早く来るということを、徳永も、そして大原も求めていないとわかったからである。

「おはようございます……？」

部屋に入り挨拶《あいさつ》した瞬の目に入ったのは、徳永の姿のみだった。

「おはよう」

「…………」

今日は大原がまだ来ていないようである。もしや昨夜、小池と飲み過ぎでもしたのだろうかと思いながらバックヤードに向かい、既にセットされていたコーヒーメーカーからコーヒーを注ぐと、自席へと戻った。と、そのとき、

「おはようございます」

という心持ち掠《かす》れた声と共に、大原が姿を現した。

「いやあ、飲みすぎましたわ」

疲れた顔をしているなとつい、注目してしまっていた瞬の視線に気づいたらしく、大原が笑顔を向けてくる。

「あ、コーヒー、淹《い》れましょうか」

「ええよ。自分でやるわ」

おおきに、と礼を言いながら大原がバックヤードへと向かっていく。なんとなく彼の様子が気になり、後ろ姿を目で追っていた瞬に徳永が声をかけてきた。

「どうした」

「え？　あ、なんでもありません」

何が気になるのか、自分でもよくわからなかったのと、コーヒーを淹れて戻ってきた大原の疲れてはいそうだが明るい表情には既に『気になる』ところはなくなっていたので、瞬は徳永に対し首を横に振ると、いつものように引き出しからファイルを出し、眺め始めた。

大原もまた自分のデスクに座ると、ファイルを取り出しはしたが、すぐにパソコンを立ち上げる。

瞬も一日一度はパソコンを立ち上げはするが、夕方、業務が終わってからのことが多かった。何か通達があれば上司である徳永の口から聞けばよく、急ぎのメールが来ることもない。

大原にとってはパソコンが業務の始まりなのだろうか。やはりまた、見るとはなしに見つめてしまっていた瞬だが、今度は大原本人に、

「なに？」

と笑顔で問われ、はっと我に返った。

「熱い視線にときめくんやけど」

「すみません、なんでもないです」

おかしいな、と瞬は自身の行動に首を傾げた。なぜ今日は大原のことが気になるのか。何か違和感があるような、と最初に思ったからだろうか。

「恋でもされたかと思うたわ」

「いや、それは大丈夫です」

冗談だとわかったので食い気味で返す。

「傷つくわ」

ふざけて笑う大原は『いつもどおり』に見え、やはり気のせいだったかと瞬も笑ってから、ファイルへと視線を戻した。

大原もまた、パソコンの画面を閉じると引き出しからファイルを取り出し眺め始める。パッパッとページを捲《めく》る速度は相変わらずで、よくあれで写真ばかりか内容までも頭に入るものだと、瞬は改めて感心した。

いつもの出発時間となり、瞬は今日背負ってきたビジネスマンが持つようなリュックを背負って立ち上がったのだが、早速大原に声をかけられた。

「弁当でも持っていくんか？」

「いや、サラリーマンに見えるようにと思って」

見当たり捜査中だと見抜かれないように、と告げた瞬に大原は、

「なるほど」

と感心してみせた。

「しかし見るからに空《から》っぽ、いうんも逆に怪しいとちゃうか」

「あ、そうですね」

言われてみれば、と瞬は、何か入れるものがないかと机の上を見る。

「これ、貸したるわ」

と、大原が自分のデスクの引き出しから折りたたみ傘とタオルを差し出してきた。

「ありがとうございます……？」

傘はわかるがタオルは、と大原を見ると、

「宿直明けの同僚に貸したやつや」

洗濯《せんたく》はしてくれているで、と瞬の聞きたいことを察し、答えてくれる。

「せや。『特能』は宿直はあるんか?」

「ない」

瞬への問いだったが、答えたのは徳永だった。

「よかったですわ。三人やから三日に一度回ってきたらつらいですし」

大原が徳永にも笑顔を向ける。二人のときも『特能』の雰囲気《ふんいき》は悪いものではなかった。が、大原が入り、三人になってからは、より、明るくなったように思う。

『いいチームにしよう』

飲み会で徳永が二人に告げたように、『いいチーム』になりつつあるのではないだろうか。自然と微笑《ほほえ》んでしまっていた瞬だったが、徳永に、

「行くぞ」

と声をかけられたので、慌てて大原に渡された傘とタオルをリュックに詰め、二人のあとを追ったのだった。

今日、徳永が見当たり捜査の場所に選んだのは、池袋《いけぶくろ》だった。瞬と大原は東口、徳永は西口を中心に二時間、張り込むこととなった。

「池袋も随分《ずいぶん》変わったんやな」

自分はサンシャインシティの周辺に行ってみる、と、大原は告げ、大通りを渡っていった。瞬は駅前を張ることにして、待ち合わせをしている素振りをしながら忙しげに駅に出入りする人の群れを見つめていた。

一時間が過ぎ、何度か場所を変えながら人の流れを見ていた瞬の視界に、見覚えのある短髪の男が過《よぎ》った。

「あ」

つい声を漏《も》らしてしまい、慌てて手で口を塞《ふさ》ぐ。

ほぼ坊主頭《ぼうずあたま》といってもいい痩《や》せた男は、指名手配犯のファイル内にはなかった。以前、歌舞伎町で立ち止まり、大原の背を目で追っているように見えた男だ。

なんとなく気になったので、瞬は彼のあとをつけることにした。男に感づかれないようにと最大限に気をつけつつ、早足で歩く男の背を追いかける。と、男が周囲を窺《うかが》う素振りをしたため、慌てて瞬は歩調を緩《ゆる》め、男と距離をとることにした。

幸い、後ろを振り返られることはなかったので気づかれずにすんだと安堵《あんど》しつつ、その後も男のあとを追う。男はどうやらサンシャイン方面に向かっているようだった。

サンシャインには大原がいる。まさか、いや、偶然だろう。

『嫌な予感』としかいいようのない思いが瞬の頭を掠《かす》める。胸になんともいえない危機感が迫るような気がする瞬の手は自然と自身の胸へと向かっていた。

これはもしや――『刑事の勘』だろうか。まさか、と首を横に振りかけた瞬の目に、信じがたい光景が飛び込んできた。

「…………」

短髪の男が駆け寄った先にいたのは――大原だった。

人目を気にしているように周りを見回す彼の視界に入らないようにと物陰に身を潜めた瞬は、あの二人は知り合いなのかと大原と男の動向を見守っていた。

遠目ではあるが、大原は迷惑そうに見える。一方、男はずいぶんと気やすそうに見えた。大原の肩を組み、何かを話しかけている。

そのまま二人はサンシャインの建物内に入っていった。待ち合わせをしていたとしか思えない。しかし仕事中に待ち合わせなどするだろうか。しかもあの男はどうもまっとうには見えない。人は見た目ではないというが、どう考えても怪しい気がする。

どうするか、と迷いながらも、瞬はポケットからスマートフォンを取り出していた。徳永に報告せねばとは思うが、言いつけるようで躊躇《ためら》われる。

まずは本人に確認するのが先なのでは、と、瞬もまたサンシャインに向かおうとしたが、視線の先、早くもサンシャインから先程の男が出てきたことに気づき、慌てて足を止めた。

男は駅方面に向かっているようである。尾行をしようかと考えていたところに、ちょうど握り締めていた携帯が着信に震えた。

「はい。麻生」

かけてきたのが徳永とわかったのですぐ応対したが、喉《のど》にひっかかったような声となってしまった。

『今、どこだ？』

「あの……サンシャインの近くです」

答えながら瞬は男のあとを追うべく歩き始めた。

「駅に引き返します」

『……このあとは銀座《ぎんざ》に向かう。十五分後に丸ノ内線で』

徳永は何かを言いかけたが、結局はそれだけ言って電話を切った。坊主頭の男はまだ視界の先にいる。彼の行き先もやはり駅かと思いながら瞬は、駅に到着するまで男を追い、男がＪＲの改札を入るところまで確認してから、徳永との待ち合わせ場所である丸ノ内線へと向かった。

「すみません、遅くなりました」

既に徳永と大原は揃っていた。

「トイレでも行っとったんか」

大原が明るく笑いかけてくる。

「あ、はい」

頷《うなず》きながら瞬は、大原の様子をつい、窺ってしまった。

「なに？」

視線に気づいた大原が瞬に向かって目を見開く。

「あ、あの、サンシャイン、どうでした？」

何か言わねば、と焦ったせいで瞬は、本来なら避けねばならない話題をつい、振ってしまった。

「さっぱりやった。イベントかなんかやってたみたいで、かなりの人出やったけど、空振《からぶ》りやった。あと、乙女《おとめ》ロードいうところで職質《しよくしつ》されそうになったわ。男がうろつくんは目立つところやったみたいでな」

「職質」

そうか。あの坊主頭は刑事という可能性もあるか、と、安堵《あんど》したあと、そもそも二人が会っていたのは乙女ロードではないと気づく。

誰かと会っていましたよね。あれは誰なんですか？

もし後ろ暗いところがなければ即答してくれるだろう。しかし、もしも話してくれなかったら？

「瞬、どないした？　職質は冗談やからな？」

黙り込んだことを訝《いぶか》しく思ったらしく、大原が声をかけてくる。

「あ、すみません。固まってました」

なんとか冗談で返しながらも瞬は、一体どうすればいいのかと迷っていた。

その日は銀座から築地《つきじ》にかけての見当たり捜査を行い、夕方六時に集合したあとに一旦警視庁に戻ることになった。

「すんません、今日はこのまま失礼してもよろしいでしょうか」

言いづらそうに大原が徳永に申し出る。

「友達の誕生日が近いさかい、百貨店でプレゼントを選ぼうかな、思いまして」

「わかった。それなら今日はここで解散としよう」

徳永は快諾《かいだく》し、瞬に対しても、

「お前も戻らなくてもいいぞ」

と声をかけてくれる。

「戻ります」

ちょうどよかった。やはり徳永には伝えるべきではないかと考えていた瞬は、期せずして二人になれたことに安堵していたのだが、そんな瞬に徳永は「そうか」と頷いたあと意外な言葉を口にした。

「忖度《そんたく》は不要だぞ。俺も今日は戻らないからな」

「えっ。そうなんですか」

どこまでもついていない。自分も戻るのをやめようかと考えた瞬の頭に、そのとき閃《ひらめ》きが走った。

「経費の精算をやってしまいたいのでやはり戻ることにします」

「精算か……瞬は真面目《まじめ》やな。俺はいつも溜め込んで怒られとったわ」

笑って頭を掻《か》いた大原が、

「そしたら失礼します」

と徳永と瞬に挨拶《あいさつ》をし、踵《きびす》を返す。

「また明日」

徳永も別方向に去っていく、その後ろ姿を少しの間見送ると瞬は、地下鉄の入口を目指し足を速めた。

徳永に相談するより前に、あの坊主頭《ぼうずあたま》の男が何者かを確かめることができないだろうかと、瞬は考えたのだった。

もしもあの男が犯罪者であったなら、データベースから探してみようと思いついた。短髪なのは最近出所したからではないのか。大原が過去にかかわった事件がわかれば探しやすいが、捜査三課に知り合いがいるわけでもないので、ひたすらデータベースを見ていくしかない。

小池に聞いてみようかとも考えたのだが、小池は直接大原に確かめそうで、それは今のところ避けたかったこともあり、瞬は地道にデータベースを探ろうと決めた。

警視庁に戻るとすぐパソコンを立ち上げ、犯罪者のデータベースにアクセスする。膨大《ぼうだい》な量ゆえ検索をかけたいが、『最近出所した』というカテゴリはないので、捜査三課が担当しそうな窃盗《せっとう》事件の犯人、かつ、男性、年齢は三十代から四十代、という人物の写真を抽出し、見ていくことにした。

とはいえ枚数は半端なく多い。今夜中に見終わるだろうかと案じながらも瞬はひたすら、データベースの写真を次々目で追い続けた。

どれほど時間が経っただろう。さすがに眼精疲労《がんせいひろう》を覚え、大きく伸びをする。腕時計を見やるともう終電がなくなりそうな時間で、しまった、と瞬は慌てたものの、まだ写真の男を見つけられていないこともあり、今日はもう電車で帰ることは諦めようと、再びパソコンに向かった。

と、そのとき、

「何をしている」

ドアが開いたと同時に不機嫌な徳永の声がしたものだから、瞬は飛び上がりそうになるほど驚き、勢いよく彼を振り返った。

「と、徳永さん！」

「麻生、お前は何を見たんだ？」

やれやれ、というような顔をした徳永が、瞬に大股《おおまた》で近づいてくる。

「あ……」

すぐに後ろに回られ、パソコンの画面を見られてはもう、誤魔化《ごまか》しはきかなかった。にしても徳永はなぜこんな時間に戻ってきたのか。それを聞きたいがそれより前に、求められている答えを告げねば、と瞬は徳永に対し頭を下げた。

「申し訳ありません。実は……」

　これ以上隠すことはできないと瞬は、昨日、歌舞伎町で気になる坊主頭を見たことと、その坊主頭と大原が今日、サンシャインの前で会っていたところを見かけたという話を徳永に明かしたのだった。

「その坊主頭を探そうとして、犯罪者のデータベースにアクセスしていると、そういうことか？」

　徳永が淡々とした口調で問いを発する。

「……はい」

「大原本人に確かめなかった理由は？」

　重ねて問われ、瞬は答えようとしたが、これという解答には辿《たど》り着かず、仕方なく、

「よくわかりません」

　と正直なところを答えた。

「……ただ、嫌な予感がしたというか……」

「刑事の勘か」

　と、徳永がふっと笑ってそう言ったかと思うと、いつの間にか手にしていたスマートフ

ォンの画面を差し出してきた。

「？」

なんだ、と訝《いぶか》りながら瞬はそれを受け取ったのだが、画面に映っている写真を見た瞬間、驚きのあまり大きな声を上げていた。

「これは……っ」

「お前が見た坊主頭はその男なんだな？」

瞬の態度が答えといわんばかりに、徳永が確認を取ってくる。

「はい……あ！」

ここで瞬が再度声を上げたのは、徳永が今まで何をしていたかを察したためだった。

「尾行したんですか、海さんを」

「そうだ」

淡々と答えた徳永が瞬に右手を差し出してくる。スマートフォンを返せという意図だと瞬は最初気づけず、身を乗り出し彼を問い詰めていた。

「徳永さんはなぜ尾行を？　この男は海さんとまた会ってたんですね。一体何者なんです？　海さんが以前逮捕した人間でしょうか？」

「まずはスマートフォンを返してくれ。その男の身元は突き止めた。先月出所したもと暴力団構成員の伏見《ふしみ》という男だ。所属していた組は消滅している。彼の罪状は殺人。今から十年ほど前に逮捕され、服役していた」

「十年前……？」

十年前だとまだ大原は学生だったはずである。では事件絡みではなく、個人的な知り合いだったということか。

しかしどういった？　疑問しか湧かず、徳永に携帯を返すことも忘れてついそれを握り締めていた瞬の前で、徳永が苦笑する。

「スマートフォンを返してくれるか？」

「す、すみません！」

焦って詫《わ》び、スマートフォンを差し出しながら瞬は、徳永はなぜこの坊主頭の名前を突き止めたのだろうと気になり、それを問うことにした。

「徳永さんはこの男を知っていたんですか？」

「いや。マル暴の同期に聞いた。見るからに裏社会の人間だったからな」

「……なるほど……」

同期。瞬にも勿論《もちろん》同期はいる。が、特能への配属が決まってからは、あまり集まりにも顔を出せていなかった。

横の繋《つな》がりも、やはり大切ということだろうと思いを新たにしていた瞬に、徳永が話しかけてくる。

「大原と伏見の関係性はわからない。ただ、大原の行動は気になる。それでお前にも協力してもらいたいんだが」

「な、なんでしょう」

どのようなことをすればいいのか。瞬の中で一瞬にして緊張が高まる。

しかし、徳永が告げた言葉といえば――。

「お前は何もするな。確認が取れるまで静観していること。いいな？」

「…………」

協力してほしいと言われたあとの『何もするな』という指示に、瞬はショックを受けその場で固まってしまった。

「それだけ問題がデリケートということだ。悪く思わないでくれ」

瞬のショックの受けようが徳永にとって予想以上だったからか、珍しいことに彼がフォローめいたことを口にする。

「……はい」

「大原の行動に少しの問題もないことがわかったら、俺も何事もなかったかのように彼には接する。陰で調査されたと知れば不快だろうからな」

「そのときは教えてもらえるんですよね？」

思わず瞬が確認を取ってしまったのは『何もするな』という指示が本当にショックだったからだった。

「……わかったよ」

徳永が抑えた溜め息を漏《も》らし、瞬を見る。

「一人で向かうつもりだったが、一緒に来い」

「ど、どこにです？」

溜め息交じりに言われたものの、行き先にまるで心当たりがなかったために問いかけた瞬に、徳永が肩を竦《すく》めつつ目的地を口にする。

「二丁目だ」

「あ」

情報屋のミトモの店か。伏見というヤクザについての情報を得るために。そこへの同行を許すのはすなわち、蚊帳《かや》の外に置いているわけではないということ。部外者扱いされているわけではなかったのだと察した瞬の声は思わず弾んだ。

「ありがとうございます！」

「いいから仕度《したく》をしろ。すぐにデータベースからログアウトしてパソコンをシャットダウンする！」

「はい……っ」

浮かれて立ち上がった瞬は、そのまま駆け出しそうになっていた。セキュリティはきっちり守らねばと言われたとおりにシステムからログアウトし、パソコンをシャットダウンする。

「……それにしても」

その様子を見ていた徳永が、ぼそ、と呟《つぶや》くのが気になり、瞬は「はい？」と彼に問いかけた。

「いや。俺が来るまでにお前は何人ぐらい、データベースで犯罪者の顔を見たんだ？」

「ええと……二千人まではいかないかと……千八百くらいですかね」

「それだけの顔をお前は覚えたわけだ」

徳永が感心したように瞬を見る。

「ああ、そうですね」

『見た』顔については記憶に残っていると思う。頷《うなず》いた瞬を見て徳永はますます感心した顔になったが、なぜ感心されるのか、それを『当然』と認識している瞬には今一つ伝わらなかった。

既に終電が終わっていたので、徳永と瞬はタクシーで新宿二丁目に向かった。

「あら、いらっしゃい」

ミトモの店『three friends』は今日も閑古鳥《かんこどり》が鳴いていた。この店に客がいるときはあるのだろうか、と瞬が失礼なことを考えていたのが伝わったらしく、ミトモの目が一瞬厳しくなる。が、徳永が、

「こんばんは」

と声をかけるとその目はすぐさまハート形になり、媚《こ》びた声音《こわね》で徳永をカウンターへと招いてきた。

「いらっしゃい、徳永さん。坊やもいい仕事するわね」

「え？」

徳永が戸惑った声を上げる。と、ミトモは、

「あら」

と目を見開いたあと、視線を瞬へと向けてきた。

「あんたが連れてきてくれたんじゃないのね？」

「すみません……」

謝った瞬を横に座れと促すと徳永は、ミトモに笑顔のまま声をかけた。

「仕事を頼みに来ました。今、よろしいですか？」

「勿論。こんな時間だから、飲んでいくでしょう？　この間ボトル入れてくれたものね」

ミトモは文字どおり『満面に笑み』を浮かべた状態となっていた。さすが徳永、と瞬が感心する横で徳永が「はい」と頷いている。

「徳永さんはロックよね。坊やは水割りだっけ？」

徳永の酒の好みは熟知しているが、瞬に関してはうろ覚えであることを隠そうとしないミトモの潔《いさぎよ》さにある意味感心しながら瞬は、

「水割りでお願いします」

と頼み、徳永に対しては、

「次は俺がボトルを入れます」

と宣言した。

「そこはおごられていろ」

徳永が苦笑し、手を伸ばしてきたかと思うと瞬の頭をぽんと叩く。

「あら、羨《うらや》ましい。あたまポンポンのあとは顎《あご》クイかしら」

ミトモが心底羨ましそうな声を出すのに徳永が「お望みなら」と笑っている。

「お望みに決まってるじゃない！」

弾んだ声を上げたミトモだったがすぐ、

「その前に仕事の話ね」

と頷き、身を乗り出してきた。

「何を知りたいの？」

「この男について調べていただきたいのですが」

言いながら徳永が、自身のスマートフォンの画面をミトモに示してみせる。

「あら懐かしい。青沼組《あおぬまぐみ》の若頭《わかがしら》だった伏見じゃないの」

さすが『新宿のヌシ』、一目見ただけで誰と察したことに瞬は感心したあまり、

「凄《すご》いですね」

と称賛の声を上げていた。

「有名人だったからね」

ミトモは瞬の称賛に笑顔を向けると、まじまじとスマホの画面を見やる。

「逮捕される前は新宿でもブイブイ言わせてたのよ。それが十年前、八島組《やしまぐみ》との抗争が勃《ぼっ》発《ぱつ》して、青沼組の組長が殺され、若頭の伏見も八島組の組長殺害の罪で服役したこともあって青沼組も八島組も解散となったの。そうか、もう出所の時期なのね。この髪型からす

るとごく最近ってことかしら」

「はい。出所は二週間前とのことでした。彼が今、どの組織に身を寄せているのかを調べていただきたいのです」

徳永の言葉にミトモは、

「わかったわ」

と笑顔で頷くと、宙を睨《にら》むようにし、言葉を続けた。

「十中八九、山下組《やましたぐみ》に間違いないと思うわ。組長の山下は伏見の弟分で、彼には心酔していたから」

と、ここまですらすら喋《しゃべ》っていたミトモが、

「山下組……」

と、何かを思い出した表情になった。

「山下組は最近、めきめきと頭角を現してきた新興の組織ですよね。闇カジノで荒稼《あらかせ》ぎをしているという」

「闇カジノ……」

最近この店で聞いた話題だったため、思わず瞬が声を漏らす。と、ミトモは瞬を睨んだあと、

「まあいいか」

と肩を竦めたかと思うと、瞬が予想したとおりの言葉を告げたのだった。

「最近、ヒサモが追ってるのよ。山下組。調べてほしいと言われていたけど、カジノの場所の特定に追われて、伏見のことまで調査できていなかったわ」

ミトモはそう言うと、徳永に向かいにっこりと微笑《ほほえ》みかけた。

「有意義な情報になりそう。もともと伏見と山下がいた青沼組も闇カジノで荒稼ぎをしていた組だったから。ふふ、いいネタもらっちゃったわ」

ミトモは満足そうに笑うと、ボトルが並んでいる背後の棚《たな》を振り返った。

「感謝の気持ちとして、今日はコレ、飲んでくれていいわ」

「へネシー？」

そのボトルは、と声を上げた瞬の横から、徳永が戸惑った声を上げる。

「誰のボトルです？」

「ヒサモたちのよ。大丈夫、ヒサモにとっても有意義な情報になるのは間違いないから。遠慮《えんりよ》しないで飲んじゃって」

「いや、さすがにそれは」

躊躇《ちゆうちよ》する徳永にかまわず、ミトモは、

「いいからいいから」

と氷を入れたグラスにボトルの酒をどぼどぼと注ぎ、徳永の前に置く。

「……それなら次に、自分がヘネシーを入れますんで」

「いいのいいの。徳永さんが頻繁《ひんぱん》に来てくれればそれで万事オッケーだから！」

ね、とミトモが瞬の前にもグラスを置いてくれながら、にっこりと笑う。

「…………はあ……」

どう返事をしていいのかわからない。対応に困っていた瞬の横で、徳永が口を開く。

「伏見について、もう一つ調べていただきたいことがあるのですが」

「あら、なに？」

ミトモが目を見開き問い返す。

もしや、徳永は大原の名を出すのだろうか。どき、と嫌な感じで瞬の鼓動が高鳴る。おかげで視線を送ることもできずにいた瞬の隣に座る徳永の口調は、どこまでも淡々としていた。

「彼が現職の警察官とコンタクトをとっていないかを早急に確認したいのです」

「現職の……ね。具体的に疑っている刑事がいるんじゃない？」

ミトモが意味深に笑い、徳永を見る。

「ええ、まあ」

徳永が苦笑し頷いたあとに、グラスを手に取り一気に呷《あお》る。

「そうあってほしくないと祈るのみですが」

そうしてぼそりと告げた言葉を聞き、瞬は息を呑《の》むしかなかった。

「……でも、実際、諦めているんでしょう？」

ミトモの声が瞬の耳にやりきれない思いと共に響く。徳永もまた、同じ気持ちでいるのだろう。否《いな》、同じどころか。期待の新人として、信頼に足る部下として接してきた彼のやりきれなさは自分以上であるに違いない。

瞬が自然と見やってしまっていた先、徳永が何かを言いかけ、首を横に振ってから、ミトモが注ぎ足していた自身のグラスを一気に呷った。

「ま、今日は飲みましょう。高い酒ですもの。悪酔いはしないわ」

「高円寺さんのボトルかと思うと鯨飲《げいいん》できない。俺が入れますよ」

主張する徳永にミトモが、「あら嬉しい」と破顔《はがん》する。

「それじゃ、これ飲み切っちゃいましょう」

「どうしてそんなに高円寺さんのボトルを空けたがるんです」

徳永が笑い声を上げる。楽し気な声音ではあったが、彼の表情はつらそうだった。

これはもう、答えが出ているということなのかもしれない。ますますやりきれない気持ちは募《つの》ったものの、自分が沈んでいるわけにはいかない、と瞬は敢《あ》えて笑顔を作り、

「徳永さん、飲みましょう」

とできるかぎり明るく聞こえるような声を徳永にかけたのだった。

6

翌日、二日酔い状態の瞬はなんとか気力で起き出し、職場へと向かった。

「おはようございます……」

「なんや瞬、その顔。飲みすぎか？」

既に出勤していた大原が明るく声をかけてくる。

「ええ、まあ……」

顔が引きつりそうになるのを瞬はなんとか堪《こら》え返事をした。

「コーヒー飲んで、頭をしゃっきりさせたほうがええで」

「はい。そうします」

バックヤードに引っ込むきっかけを与えてもらったことに感謝しつつ、瞬はコーヒーメーカーへと向かった。

コーヒーを手に戻ってきた瞬に、大原が問いかけてくる。

「昨日は同期とでも飲んだんか?」

「あ、いえ。その……同居人と……」

　徳永と、と答えるわけにはいかない。それで瞬は嘘をついたのだが、大原のにやつきまくるリアクションから、そういえば『同居人』の存在を明かしていなかったと気づくことになった。

「同居人て、彼女か」

「いえ、友人です。今、両親が海外に駐在中ということもあって、幼馴染《おさなな じ》みがウチに転がり込んできてるんです」

「駐在ってどこに?」

「インドネシアです」

「さよか」

　笑顔で頷《うなず》いた大原は寮住まいだった。家族構成など聞いたことはなかったなと瞬は今更のことを思い、問うてみることにした。

「海さんのご家族は?」

「ああ、おらんのや。親父《おやじ》もおふくろも。結構前に亡くなってな」

「あ……すみません」

振る話題ではなかったか、と謝罪した瞬に大原は「ええて」と笑って言葉を続ける。

「親父は十年前に、おふくろは六年前に亡くなったんや。一人っ子できょうだいもおらんさかい、家族いえる人間は誰もおらんけど、身軽でええっちゃええ、いう感じや」

屈託のない笑みを向けてきた大原だったが、瞬が気にしているのがわかったのか話題を瞬の『同居人』へと向けてくれた。

「その幼馴染み君は何しとる子なん？」

「あ……大学生です。作家志望なんです」

「作家。そら凄《すご》いな。誰でもなれるいうもんでもないもんな」

へえ、と感心した声を上げたあとに大原がニッと笑いかけてきた。

「夢がかなうとええな」

「はい……」

いい先輩だ。本当に。明るく、気立てのいいムードメーカー。その言葉は上《うわ》っ面《つら》だけではなく愛が感じられる。

よほどひねくれた人間でない限り、大原に対する好感度は高いのではないか。彼の人柄に惹《ひ》かれることには抗《あらが》えないものがある。

それだけに瞬は、どうにも信じがたいと感じてしまうのだった。本当に彼はもとヤクザとかかわりがあるのだろうか、ということに。

伏見というもと青沼組の若頭に声をかけられ、肩を組まれたというのは、自分の目で見た光景だった。昨日、『友達の誕生日プレゼントを買いに行く』と別れたあとに彼が伏見と会った証拠は徳永のスマートフォンに残っている。

それでも——問い質《ただ》しそうになっていた瞬だが、徳永の視線を感じ、思い留まることができた。

『お前は何もするな』

言われたときにはショックを受けたが、今となっては徳永の指示は適切だったと認めざるを得なかった。気を引き締めていないと、大原に聞いてしまいそうだ。本人に聞くのが一番、話が早い。やはりどうにも信じられない。大原がもとヤクザにかかわっているなど。そしてそれを隠しているなど。

誤解であれば笑い話になろう。しかし『誤解』である可能性のほうが低いとわかっているがゆえにどうしても確かめたくなってしまう。

徳永に敢《あ》えて指示されなければ、大原に対する態度も不自然になってしまっていたことだろう。気をつけねば、と心の中でつぶやくと瞬は、いつものように指名手配犯のファイルを引き出しから取り出し、眺め始めたのだった。

その日、徳永が見当たり捜査の場所に選んだのは新宿だった。

「こないだ歌舞伎町やったばかりですけど……」

大原が乗り気でないように見える理由はもしや、と思い当たることは多かったが、瞬は気づかないふりを貫き、三人で新宿へと向かった。

瞬と大原は東口、徳永は西口を担当することになった。

「そしたら俺は三丁目のほうに行ってくるわ」

瞬が何を言うより前に、大原はそう告げ、新宿三丁目方面に向かって歩き始めた。

彼のあとをつけるというのはどうだろう。瞬は一瞬そう思ったのだが、すぐ、徳永から『何もするな』と言われていることを思い出した。

と、そのとき、瞬の携帯が着信に震えた。

「あ……」

電話ではなくメールで、発信者は徳永だった。焦って開いた瞬の目に、次の一文が飛び込んでくる。

『大原はどこに向かった？』

「…………」

問うてきたということはおそらく、徳永が動向を探るつもりなのだろう。自分が大原を尾行すれば本人に気づかれたかもしれないが、徳永がそんな失態をするはずがない。

『新宿三丁目に向かうと言っていました』

返信をするとすぐに『わかった』と返事が来た。お前は動くなというリマインドを予測したが、その後、徳永からメールが来ることはなかった。

信頼してくれていると思っていいのだろうか。溜め息をつきそうになっていた瞬の頭にそのとき浮かんでいたのは、物陰から大原の姿を窺《うかが》う徳永の、幻の姿だった。

瞬はそのあとも、普段どおり見当たり捜査を続けた。一人、見覚えのある男を見かけ、あとを追いかけたが、すぐ、指名手配犯のファイルの中にいた人物ではなく、昨日見ていた犯罪者のデータベースにいた男だと気づき、足を止めた。

刑期を終え、普通に生活しているのだろう。あの男のように——瞬の脳裏《のうり》に大原と共にいた坊主頭《ぼうずあたま》の男の顔が蘇《よみがえ》る。

大原は本当に新宿三丁目に向かったのか。彼が向かったのは実は歌舞伎町で、もしや今、あの男と会っていたりするのだろうか。それを徳永は確かめに行っているのか。

そうであってほしくはない。が、徳永はその可能性が高いと考えているのだろう。結果については教えてもらえるといい。気にならないといえば嘘になるが、今は自分の仕事をまっとうするだけだと自身に言い聞かせ、瞬は人の流れに目を配り続けた。

二時間後、徳永から場所移動の電話が来た。

『次は久々に吉祥寺《きちじょうじ》に行くか』

十分後にＪＲの駅でと言い、徳永は電話を切った。大原についての報告はなく、どうだったのか気になったものの瞬は駅へと急いだ。

待ち合わせ場所には既に徳永と大原が到着していた。

「すみません」

「いや、全然待ってへんで」

大原は相変わらず優しい。明るい笑顔を向けてくれる彼に瞬もまた笑顔を向けたが、顔が引きつりそうになるのを気力で堪《こら》えた。

「伊勢丹《いせたん》近辺も空振《からぶ》りやった。瞬もやろ？」

「はい。残念ながら」

「俺もだ。次、行くぞ」

徳永が淡々と告げ、改札に向かって歩き出す。

「ほな行こか、瞬」

「はい」

返事をし、共に歩き出しながら瞬はつい、大原を窺ってしまった。

「なに？」

「あ、なんでもないです」

自分が彼を見ていたことに問われて気づかされ、慌てて笑顔を作る。

「しかしほんま、見当たり捜査いうんは忍耐やな。釣りとちょっと似てるかもしれん。なんて、釣りなんてめったにせえへんのやけどな」

へへ、とふざけて笑う大原に、瞬はまた気力で作った笑顔を向けた。

「俺もはよ慣れな。瞬はもう慣れとるんやろ？」

「あ、はい。俺はこれが初配属なので……」

慣れるも何も、この毎日がスタンダードなのだと告げた瞬を見て大原が驚いた顔になる。

「ああ、なるほど……せやけど……」

大原は何かを言いかけたが、すぐ、

「ああ、かんにん。なんでもないわ」

と首を横に振った。

「………」

多分大原は自分のことを案じてくれているのではないか。徳永にも以前から、いわゆる『普通の』警察官としての仕事につかせてやるとは言ってもらっていた。瞬としては今のところその希望はないのだが、先輩二人の思いやりについては正直、ありがたいという感情以外ない。

配属されて間もないというのに、後輩を思いやることができる大原に対しては好印象しかない。それだけに彼には後ろ暗いところなどあってほしくないと、やはり瞬は願わずにはいられなかった。

その日の見当たり捜査も空振りに終わり、三人で警視庁へと引き返したそのタイミングで、特能の部屋を小池が訪ねてきた。

「お疲れ様です。どうです？　今日、メシ、行きませんか？」

「お前は忙しいんじゃないのか？」

徳永が小池を気遣うようなことを言う。今までそんなことはあっただろうかと瞬は思ったものの、

「ちょっとガス抜きがしたくてですね。大原と瞬は？」

と問われたのには、

「喜んで」

といつものように答えていた。

「居酒屋やないんやから」

大原はそんな瞬に突っ込んだあとに、

「俺も『喜んで！』や」

と小池に笑顔を向ける。

「よかった。徳永さんもぜひ」

小池が笑顔になり、徳永を改めて誘う。

「ガス抜きなら近所がいいな。屋台のおでん屋でどうだ？」

「喜んで！」

小池までもが瞬の言った『居酒屋風』台詞《せりふ》を口にし、四人は職場に近いところで屋台を出しているおでん屋へと向かった。

「今は違法カジノを追っているんだったな」

屋台の『大将《たいしょう》』は元警察官であり、客は警視庁の刑事に限られている。それゆえ捜査中の事件の話もできるということでこの屋台は捜査一課の刑事たちの憩《いこ》いの場になっていると、以前徳永に連れてきてもらったことがある瞬はよく知っていた。捜査三課の刑事たちにとっても憩いの場であったらしく、大原は大将に「まいど」と挨拶《あいさつ》をし、慣れた様子で注文をしていた。

徳永に話しかけられた小池は、

「そうなんです」

と溜め息交じりに返事をしたあと、泣き言めいたことを口にする。

「違法カジノを取り仕切っている団体がどうにも特定できないんですよ。カジノの会場を摘発さえできればとんとん拍子に捜査も進むんでしょうが、場所も日時も不定期で、なかなか難しいんですよね……」

小池が力なくそう言い、はあ、と溜め息を漏《も》らす。

「それで行き詰まっているというわけか」

徳永の言葉に小池が、

「そうなんです」

と大きく頷《うなず》く。

「頼みの綱は、協力を要請している男です。もとは関西の組の出で今は新宿の組織に所属している男で、彼からの情報待ちなんですが、もしや警察とつながっていると気づかれているのではないかと、それが心配でして」

「待つのも仕事だ。気が急《せ》くのもわかるが」

徳永が慰めの言葉を口にする。

「わかってはいるんですけど、どうにも落ち着かなくて……」

小池はそう言うと、二人のやりとりを見つめていた瞬へと視線を向けた。

「悪いな。愚痴《ぐち》ばっかで」

「いえ、そんな」

気にしないでくださいと首を横に振った瞬の横から、大原が声をかける。

「大丈夫やと思いますよ。なんて、慰めにしかなりませんけど」

「大原もありがとな」

小池が大原にも笑顔を向ける。

「にしても驚きましたわ。どないして暴力団員の協力をとりつけたんです?」

「ギブテだよ。違法カジノに出入りしていると思われる男に声をかけた。見逃すことを条件にしてな」

「なるほど。そうした駆け引きも必要になるんやね」

感心してみせる大原に対し「まあな」と笑って頷いたあと、小池がコップを差し出す。

「大将、もう一杯」

「あ、俺も」

それまで熱燗《あつかん》を飲んでいた二人のコップに、大将は無言のまま日本酒を注いだ。

「逮捕を願って」

乾杯、とコップを差し出す大原に小池が「ありがとう」と返している。小池の愚痴を聞く感じの飲み会は、一時間ほどでお開きとなった。

「そしたら俺は戻ります」

ありがとうございました、と小池が頭を下げる。

「俺も忘れ物したさかい、一旦もどりますわ」

そう告げる大原に徳永は「そうか」と頷くと、瞬の肩を叩いた。

「我々は帰ろう」

「はい」

返事をし、地下鉄の駅へと向かって歩き出した瞬の耳元に徳永が囁《ささや》いてくる。

「新宿に向かうぞ」

「……っ」

新宿と聞いて瞬が思いつく行き先は一か所だった。

「杞憂《きゆう》に終わることを祈るよ」

そう言いながらも徳永の目には諦観《ていかん》が表れているのがわかり、瞬はなんともいえない気持ちになった。

「気に病むのは現実になってからだ」

そんな瞬の肩をまたぽんと叩き、徳永が声をかけてくる。

「……はい」

頷いた瞬だったが、徳永同様、案じていたことが『現実』になる可能性は高いはずだという覚悟を固めていた。


翌日、徳永が見当たり捜査の場所に選んだのは原宿《はらじゅく》から表参道《おもてさんどう》にかけてだった。それぞれ別々に行動することになっていたが、表参道担当となった瞬のスマートフォンに大原からメールが入った。

『四年前強盗殺人で指名手配された三上康彦《みかみやすひこ》と思《おぼ》しき男を発見。合流願います』

メールの宛先《あてさき》は徳永と瞬、二人になっていた。彼が発見した指名手配犯はこれで三人。一気に緊張が高まる思いがしながらも瞬は即座に『承知しました』と返信し、指定の場所である竹下通《たけしたどお》りへと向かった。

「あ、瞬。ここや」

大原とはすぐに合流できた。

「あの男なんやけど」

大原が示した先にいた男の顔を見た瞬間、瞬は、四十七ページ目に掲載されている三上に間違いないと確信した。

そこに徳永が合流してきて、彼もまた間違いなく三上であることを認め、捜査一課に連絡するよう、瞬に指示した。

「移動するようです」

言われたとおりに瞬が電話をしていると、大原が「あ」と声を漏らす。

「気づかれないよう、尾行する。三人別々に動こう」

「わかりました」

返事をする横で瞬は通話していた一課の刑事に、これから三上を尾行する旨《むね》も伝え電話を切った。

「麻生、聞いていたな」

「はい」

徳永に確認を取られ、瞬は頷くと、ばらばらになるためにその場を足早に離れた。その間も目線はずっと三上の背を追っており、地下鉄の入り口に向かおうとしている彼に追いつこうと少し足を速める。

三上は四年前からは随分《ずいぶん》と外見が変わっていた。四年前は金髪に焼けた肌、といういかにもな遊び人ふうだったのが、今の彼は地味なスーツに身を包み、俯《うつむ》きがちに足を進めている。

三上であることは間違いないが印象はまったく違う。指名手配犯として交番などに貼られた写真と同一人物であるとは、一見してではわからないのではないかと瞬には思えた。

それが狙いのイメージチェンジだろう。今まで瞬が見つけた指名手配犯も、服装や髪形を変えるだけでなく、整形して外見を変えたという人物もいた。しかしどのように手を加えても、瞬の目はごまかされることがない。一度覚えた顔はいかにアレンジされていようとも『いつどこで見た顔』と認識できる。金髪を黒髪に戻し、肌の色を日焼け前に戻した程度なら見抜けぬはずはない。

尾行にも最近慣れてきた、と瞬は適度に距離をとりつつ三上のあとを追い、地下鉄の改札を入った。

その後、三上は地下鉄に乗ったが、渋谷で降りたところを捜査一課の刑事が待ち受けており、逮捕に至った。

三上は抵抗らしい抵抗はせず、言われるがまま刑事二人に連れられていく。周囲のざわめきを遠目に見ていた瞬は、肩を叩かれ振り返った。

「お疲れ」

声をかけてきたのは大原だった。

「無事逮捕となったようやな」

「ですね」

頷いた瞬に大原が苦笑交じりにこう告げる。

「随分と外見が変わっていたさかい、最初はあまり自信がなかったんや。瞬や徳永さんはようわかるな。俺もはよ、自信をもって見極められるようになりたいわ」

「訓練あるのみ、だ。瞬のような特殊能力がないかぎりはな」

と、横から徳永がそう言い、ぽんと大原の肩を叩く。

「経験を重ねれば自信も持てるようになる。それにお前も自分の『特殊能力』を充分発揮していると思うぞ」

「あ、徳永さん、おおきに、です」

大原が満面に笑みを浮かべる。

「頑張りますわ。自分の能力が犯人逮捕に役立つやなんて、ほんま、嬉しいです」

言葉どおり、大原は心から嬉しそうに笑っているように見える。そんな彼が本当にもと暴力団と繋がっているのだろうか。やはり何かの間違いとしか思えない、と瞬は思わず徳永へと視線を送ってしまった。

徳永は気づいたようだが、敢《あ》えてなのか瞬を見返すことはなかった。彼が今、視線を向けているのは大原であり、その頰《ほお》には笑みがあったが、いつもとは少し違うように感じる、と瞬が思ったそのとき、徳永が右手をスーツの内ポケットに入れ、スマートフォンを取り出した。

「はい」

どこからか電話がかかってきたらしい。かけてきたのは、とその相手を予想した瞬の緊張は一気に高まったのだが、それが伝わったのか大原が声をかけてきた。

「誰からやろうな」

「……っ。ですね」

思わず振り返ったあと、慌てて笑顔を作る。

「なんや。どないした？」

大原に不思議そうに問われ、どう誤魔化《ごまか》そうかと瞬が思考を巡らせている間に、通話を終えた徳永が二人に声をかけてきた。

「一旦、戻るぞ」

「今の電話ですか？　何かあったんですか？」

大原の顔に緊張が走る。

「話は戻ってからだ」

しかし徳永は答えようとせず、いきなり歩き出した。

「あ、徳永さん」

待ってください、と、大原が慌てたようにあとを追う。瞬もまた二人のあとに続いたが、鼓動はいやな感じで高鳴っていた。

地下鉄に乗っている間も徳永は何も喋《しゃべ》らなかったが、それは車内が混雑しているからか。他に理由があるのではないかと瞬は考えつつ、徳永の顔を見つめた。が、その顔からはなんらかの感情を読み取ることはできなかった。

警視庁に戻ると徳永は無言のまま、地下二階にある『特能』の部屋へと向かっていく。

「……何があったんやろうな」

大原がこそりと瞬に囁いてきたが、瞬は、

「わかりません」

と答えることしかできなかった。

実際何もわかっていない。しかし、『予感』はする。それは大原とは共有できないものだったので口を閉ざしていたのだが、先程、あれだけ嬉しそうにしていた大原の顔を見たばかりだっただけに、その『予感』が外れてほしいと瞬は心から願っていた。

『特能』の執務室に入ると徳永は、大原を真っ直ぐに見据え、口を開いた。

「大原。伏見が今、事情聴取を受けている」

「……っ」

それを聞いた瞬間、大原の目が見開かれ、その直後に彼の顔から一切の表情が消えた。

「ある人物に集団で暴行を加えようとしたところを現行犯逮捕された。ある人物が誰か、お前はわかっているよな」

「…………………」

問いかける徳永の声は実に淡々としている。彼の顔からも感情を読み取ることはできない。しかし瞬の胸には、徳永が胸中に抱いている感情が痛いほどに伝わってくる——ような気がしていた。

大原は徳永を見やり、続いて瞬へと目線を向けてくる。瞬は彼の視線を受け止めることができず、顔を伏せた。

次の瞬間、大原が、はあ、と息を吐く音が聞こえ、瞬は俯《うつむ》いていた顔を上げた。

「……罠《わな》、やったんですね」

そう告げた大原の顔は歪んでいた。その顔を見た瞬間、瞬は黙ってはいられず思わず叫んでしまっていた。

「どうしてなんです！　信じてたのに！　どうして……っ」

「せやけど、罠をしかけたんやろ」

瞬の言葉を遮《さえぎ》った大原は、泣き笑いのような表情を浮かべていた。

「まずは話を聞かせてもらいたい」

徳永の、相変わらず淡々とした声が室内に響く。

「……本当に……申し訳ありませんでした」

それを聞き、大原が深く頭を下げる。

「麻生」

「は、はい！」

徳永に呼びかけられ、瞬はその場で直立不動となった。

「コーヒーを淹《い》れてもらえるか」

「わ、わかりました！」

　意外に感じたこともあって、必要以上に声が高くなったが、徳永の口からいつもの『声が大きい』という注意が告げられることはなかった。

　これから大原がするのは、コーヒーを飲みながらできるような話ではないはずだ。それでも徳永がコーヒーを、と命じてきたのには何かしらの理由があるのだろう。

　どのような『理由』かはわからない。しかし根底には思いやりがあるに違いない。そう思いながらバックヤードへと向かう瞬の脳裏《のうり》にはそのとき、自身の能力を犯人逮捕に活《い》かせることが嬉しいと笑っていた大原の、言葉どおりの嬉しげな笑顔が浮かんでいた。

7

「伏見との関係は？」

瞬が徳永と大原、それに自分用に淹れたコーヒーをそれぞれの前に置くのを待っていてくれたのだろう。徳永がコーヒーカップを手に大原に問いを発する。

大原は暫《しばら》く俯いたまま動かなかったが、やがてコーヒーカップに手を伸ばし、一口飲んでから吐息と共に声を発した。

「二十歳《はたち》になったとき、友達とアメリカを旅行したんです。西海岸を中心に……。ラスベガスのカジノにも行ったんですが、そこで以前、映画で観たとおりのことをしてみようと友達と悪乗りして……」

今、大原のイントネーションは標準語そのものだった。少し苦しげにしながら言葉を続ける彼に徳永が頷《うなず》き、続きを促す。

「何をした？」

「……カードゲームのブラックジャックで、ディーラーが配った数組のカードを全部覚えた上でプレイするっていうやつです。本当に勝てるのか、興味本位でした」

「その頃には自分の記憶力が特殊であるという認識があったんだな？」

徳永の問いに大原が「はい」と頷き、話を続ける。

「カードは六セットで、出た札をすべて覚えていた俺は怖いくらいに勝つことができました。しかし映画と同じで、勝ちすぎた俺たちはいかさまを疑われたのか、奥に連れていかれそうになったんです。それを助けてくれたのが――」

「伏見だった、ということか」

「……はい」

確認を取った徳永に、大原が頷く。

「……英語にまったく自信がなかった俺たちにとって、伏見がカジノ側と話をつけてくれたことには感謝しかありませんでした……ですが伏見が俺を助けたのは親切心からではなく、俺の記憶力を利用するためだということがわかったあとには、恐怖しかありませんでした」

はあ、と、また深い溜め息をついてから、大原は再び口を開いた。

「……無事に帰国できたと安堵《あんど》したのも束の間のことで、すぐに俺は伏見にマカオに連れていかれました。伏見は俺の記憶力をカジノのカードゲームで使えると判断した上で、その力を発揮するよう求めてきたんです」

「お前は伏見の言いなりになった、ということか」

やはり徳永の口調は淡々としていた。それを聞き大原が「はい」と頷く。

「相手はヤクザ。断ったら何をされるかわからないと怯《おび》え、言いなりになるしかありませんでした。もしもカジノ側が文句をつけてきたら自分が対応するので安心しろと言われていたこともあって、彼に命じられるがまま、マカオではいくつものカジノで荒稼《あらかせ》ぎをし、帰国の途につきました。逆らえばきっと殺される。しかし言いなりになってカジノで稼ぎまくればそれはそれで逮捕されることになるんだろう。どうすればいいのだと思いながらも伏見の指示には従うしかなかったんです」

ここで一旦、大原が言葉を途切れさせたあとに、溜め息を堪《こら》えるような表情となり、再び口を開く。

「同情を買おうとしているわけではありません。ラスベガスから帰った直後に父に癌《がん》が見つかって入院し、余命幾《いく》ばくもないことがわかったんです。自分が逮捕でもされたら父はどう思うか。それを案じていたところに、幸運としかいいようのないことが起こりました。伏見の組が抗争に巻き込まれ、組長も若頭だった伏見も逮捕されて、暴力団が解散したんです」

そこまで話すと大原はまた、はあ、と深く息を吐き、話を再開した。

「逮捕された伏見が前科何犯だったか、詳しいことは知りませんが執行猶予《しっこうゆうよ》もなくすぐに刑務所に入り、俺の前から姿を消しました。とはいえ、出所後、また接触を持たれることは避けたかった。父が亡くなったこともあって俺は、人生をやり直すことにしたんです。それで卒業間近だった大学を辞め、関西の大学に入り直しました。外見もできるかぎり変えようとして、茶髪にしたり肌を焼いてみたり……サーフィンなんてしたこともなかったけれど、陽キャになりきるために始めました。そのまま関西に住もうと思っていたんですが、今度は母が癌で入院して……ちょうど就職活動のときと重なったこともあって、東京に戻り、警視庁の試験を受けました。昔から警察官になるのが夢だったので。母のことがなければ大阪府警を受けるつもりでいました。そうなっていたら伏見に目をつけられることもなかったかも……ああ、違いますね」

大原がここで言葉を止め、悲しげな顔で首を横に振る。

「……マカオのカジノで、伏見の言いなりになってから……いや、その前にラスベガスで自分の記憶力を好奇心で試した時点で、警察官になるべきではなかった。俺は犯罪者なんですから」

「………」

徳永が何かを言いかけ、口を閉ざす。

「……でも俺は……」

大原の瞳に涙が滲《にじ》む。そんな彼に徳永はこう、声をかけた。

「お前が警察官になるべきだったかなるべきではなかったか——それに対する答えはともかく、お前には今回、機会があった」

「……はい……」

聞こえないような声で返事をし、顔を伏せた大原に対する徳永の対応は厳しかった。

「俺にでも麻生にでも打ち明けることはできたはずだ。なぜ、伏見の脅迫《きょうはく》に屈した？　過去を追及されたくなかったからか？」

「……はい……」

頷いた大原への徳永の追及は続く。

「お前は伏見の要求を断ることをせず、言いなりになった上で、小池から仕入れた情報を伏見に流した。なぜだ？　なぜ、打ち明けてくれなかった？」

徳永が大原を真っ直ぐに見据え、問いかける。

「俺は……俺は………」

大原は何かを言いかけたが、やがて、

「本当に……申し訳ありません」

と深く頭を下げた。

「認めるんだな、自分が伏見に情報を流したと」

徳永の問いに大原が「はい」と頷く。

「言い逃れはできません」

俯《うつむ》いたまま、ぽつりと告げた大原は、顔を上げ徳永を、そして瞬を見やるとまた顔を伏せ、ぽつぽつと話し出した。

「……伏見に声をかけられたときには、頭の中が真っ白になりました。彼がそろそろ出所する時期だということはわかっていて、彼と顔を合わせることがないといいと願っていた矢先に、『特殊能力係』増員のためのテストが行われたので『特能』を目指すことにしました。『特能』の存在は世間には隠されている。所属すれば自分が警察官であることも世間から隠されると思い、今まで誰にも気づかれることがないよう気をつけていた記憶力を発揮することにしたんです……」

「…………」

大原の言葉を聞く瞬の胸がざわつく。なんだろう、この気持ちは、と、自然とシャツの胸の辺りを掴《つか》んでいた瞬の隣から、徳永が大原に対し、淡々とした口調で声をかける。

「しかしお前は伏見と顔を合わせてしまった上に刑事だということも気づかれてしまった。歌舞伎町でちょうど小池に声をかけたところを見られたんだったな」

「……そこまでご存じだったんですね……」

大原がゆるゆると顔を上げ、徳永を見る。

「打ち明けるチャンスはいくらでもあったと言われた理由がわかりました。俺は……ずっと見張られていたんですね」

「見張ってはいない。ただ――」

徳永がここで一瞬、言葉を途切れさせたあとに、一層淡々とした口調で続きを口にする。

「ただ、待っていた。お前から報告があるのを」

「…………っ」

大原は息を呑《の》んだが、すぐ、

「申し訳ありません」

と深く頭を下げ、暫《しばら》くの間動かなかった。暫《しば》し、沈黙のときが流れる。

「……それで？」

静寂を破ったのは徳永だった。感情の一切籠《こ》もっていない声に促され、大原が顔を上げ、話し出す。

「……池袋で見当たり捜査をしているときに、伏見から声をかけられました。小池さんと話しているところを見た、お前も刑事になったんだよなと言われては誤魔化《ごまか》すことができませんでした。昔、暴力団に雇われカジノで荒稼ぎをしていたことを喋《しゃべ》られたくなければ、小池さんから捜査情報を聞き出すようにと脅《おど》されました。出所後、伏見が所属することになった山下組の資金源である違法カジノが警察に摘発されかかっているとのことで、情報がほしいと。小池さんの面は割れていたようですが、捜査関係者全員の名前と顔、それに捜査方針や次に摘発される場所を探ってこいと言われ、俺は……」

大原は少しの間言い淀んだが、やがて、

「……俺は伏見に言われたとおり情報を仕入れるために小池さんに働きかけました」

と告げ、項垂《うなだ》れた。

「少しでも冷静になれば、小池が捜査情報を安易に漏《も》らすはずがないと気づいただろう」

徳永の言葉に大原が「はい」と頷く。

「疑うこともなければ、小池さんに迷惑がかかるという意識も働いてなかった。刑事をやめたくない。それだけしか考えられませんでした。俺は刑事でいたかった。自分が持っている特殊能力が正義のために役立つのだと、この係に来て――『特能』に来て自覚できた。

それだけに俺はこの能力を精一杯、発揮していこうと、それだけしか考えられなくなってしまっていたんです」

「一度脅迫に屈すれば、再度脅されるのは明白だ。そうは思わなかったのか？」

静かに問いかける徳永に対し、大原は、

「……はい」

と頷いたあと、首を横に振った。

「……いえ……多分、わかっていたんです。認めるのが怖かっただけで……」

そう言うと大原は、はあ、と溜め息を漏らし、またも深く頭を下げて寄越した。

「この先、伏見には脅され続けることになった。またこの記憶力を使ったイカサマに駆り出されることもあったかもしれない。そうなる前にすべてが露呈したことは、俺にとってもよかったのかと……思います」

最後のほうは消え入るような声音《こわね》となっていた。そんな彼を前にし瞬は、やはり胸の中に渦巻《うずま》くやりきれない思いを抑え込むのに必死になっていた。

「行くか」

徳永が立ち上がる。

「……捜査一課、ですね」

確認を取りながら大原は立ち上がり、改めて徳永と瞬に対し、深く頭を下げた。

「本当に……申し訳ありません。ご迷惑をおかけしました。お詫《わ》びのしようもありません」

「…………」

真摯《しんし》な謝罪であるとは瞬も感じていた。が、やはり胸のもやもやは収まりを見せなかった。それで口を開けずにいた彼を一瞥《いちべつ》し、徳永が大原を伴《ともな》って部屋を出ていく。

二人を見送ったあと瞬は、机の中からいつも見ていた指名手配犯のファイルを取り出し、ページを開いた。

既に覚えている顔を次々と見るうちに瞬の中で、やりきれない思いが募《つの》っていく。

どうして――どうして大原は、打ち明けてくれなかったのだろうか。

いいチームにしたいと、彼は笑っていたのではなかったか。

『頑張りますわ。自分の能力が犯人逮捕に役立つやなんて、ほんま、嬉しいです』

本当に嬉しそうな顔で彼がそう告げていたのはつい先程のことだというのに、どうして打ち明けてくれなかったのだろう。

もし、打ち明けてくれていたとしたら――過去に暴力団員とかかわっていたことや、脅されてカジノで違法に稼いでいたことが警視庁内に知られた場合、どういう状況になったのだろう、と瞬は改めて考えた。

　警察官になる前、大学生の頃のことだ。今から十年前のことではあるが、マスコミに漏れたりすれば確かに問題にはなるだろう。しかし処分を受けることはあっただろうか。大原が徳永に過去の過ちや現在、伏見から脅迫されていることを打ち明けていたとしたら——想像するまでもなく、徳永は親身になって対応を考えてくれたはずだ、と瞬は大きく頷《うなず》いた。

　なぜ、大原にはそれがわからなかったのだろう。自然と溜め息を漏らしてしまっていた瞬の耳に、ノックの音が響く。

「はい……？」

　誰が来たのかと思いながら声を上げるとドアが開き、小池が顔を覗《のぞ》かせた。

「あ……」

　思わず声を漏らした瞬に、小池が心持ちバツの悪そうな顔で近づいてくる。

「よお。元気か？」

「……え？　あ、はい」

　てっきり徳永の所在か、または大原について聞きに来たのだろうと思っていたのに、と、瞬は戸惑ってしまいながらも、『元気』は元気だ、と首を縦に振った。

「ショックを受けてるんじゃないかと気になってな」

頭を掻《か》きながらそう告げた小池は、

「コーヒー、貰《もら》うぞ」

とバックヤードへと向かっていく。

「淹《い》れます」

「自分で淹れるって」

慌てて立ち上がろうとした瞬を笑顔で制し、小池がコーヒーメーカーへと向かう。

「シュガーとかミルクとか置くようになったんだな」

そのまま笑顔で戻ってきた彼に瞬は一瞬迷ったあとに、事実を告げることにした。

「大原さんが用意してくれたんです。お偉いさんが来ることもあるだろうと。実際、十四年前の指名手配犯を見つけたときに、お偉いさんが結構来ましたし」

「あのときは本当に、お祭り騒ぎだったそうだしな」

溜め息交じりに小池がそう言い、コーヒーを飲む。

「俺も……」

既にカップの中のコーヒーはすっかり冷めてしまっている。淹れ直そう、とバックヤードに向かう瞬を小池は無言で見送っていた。

コーヒーを淹れ直し、席に戻る。

「大丈夫か？」

またも小池に問われ、瞬は、

「大丈夫です」

と答えたが、笑みを浮かべるまでには至らなかった。

実際、『大丈夫』ではある。立ち直れないほどに落ち込んでいるわけではない――と思う。依然として心の中はもやもやとしたままではあったが。

「ショックだよな。俺もショックだよ」

自分を案じて様子を見に来てくれたという小池の受けたショックのほうが大きそうだ、と瞬は人のいい先輩刑事を見やった。

「まさかあいつが……なあ」

溜め息を漏らした小池が、コーヒーを啜《すす》る。

「状況、聞いたか？」

気持ちを切り替えるように小池はそう言い、瞬を見た。

「いえ、詳しいことは聞いていません」

「そうか」

小池は頷くと、また一口コーヒーを飲んでから話を始めた。

「徳永さんから、大原について確かめたいことがあると持ち掛けられたときには、何かの間違いとしか思えなかったよ。徳永さんにも食ってかかった。そんなの、直接本人に確かめればいいいと。しかし結局は協力することになった。なぜだと思う？」

「……なぜだったんですか？」

考えたが、徳永に説得されたから、という理由以外を思いつかなかった。それで問いかけた瞬に小池は、溜め息交じりの声で答えを教えてくれた。

「俺に頼んでいる徳永さんがつらそうにしていると感じたからだ。本当は大原を試すなんてことをやりたいはずがない。それでもやろうとしていたのはきっと――最後にチャンスを与えてやりたかったんじゃないかと思う。大原に」

「……どういうことですか？」

わかるようでわからない。問いかけた瞬に小池が、

「ああ、悪い。まだ詳しい話はしていなかったんだったな」

と苦笑し、またもコーヒーを一口飲んでから、口を開いた。

「徳永さんは俺に、違法カジノの捜査について、偽の情報を大原に流すようにと指示をしたんだ。ほら、昨日一緒におでん屋の屋台に行っただろう？　あのときの話はすべてフェ

イクだったんだよ」

「おでん屋……あ！」

確かに小池はおでん屋で、捜査についてあれこれと喋《しゃべ》っていた。暴力団員とギブテで繋がり、違法カジノの情報を得ようとしているという話を瞬は思い出し、あれが嘘だったのかと確かめる。

「暴力団員をスパイに仕立てたという、あの話がフェイクだったんですか」

「そうだ。実際、違法カジノに出入りしていると特定できた暴力団員はいた。が、我々のスパイではなかったんだ。寮に戻ってから、大原は俺を飲みに誘ってきて、奴の部屋でしばらく飲んだんだが、そのとき奴はその暴力団員についてさりげなく情報を聞き出そうとしてきた」

小池はここで言葉を止め、コーヒーカップに口をつける。そのあと顔を歪めたのはおそらく、コーヒーがぬるかったから——などという理由ではないことは、瞬にはよくわかっていた。

「嘘だろう、と問い詰めたくなるのを必死で我慢した。徳永さんからの指示どおり、かなり酔ったふりをした上で、うっかり口を滑らせたという体《てい》を装《よそお》い暴力団員の名前を告げたんだが、大原はそれを聞いても特にリアクションを見せはしなかった。それが演技でないことを祈るしかなかったよ、俺は」

苦笑したあと小池は、思いを振り払うように首を数度横に振り、再び口を開いた。

「すぐに徳永さんに連絡を入れ、名前を教えた暴力団員には三係の刑事が三名、ぴたりと張り付くことになった。徳永さんは大原を見張っていたんじゃないかと思う。結局大原は俺から仕入れた情報を伏見に流し、伏見と山下組の連中がその暴力団員を拉致《らち》しようとしたところを押さえた。伏見はその暴力団員が警察のスパイだと思い込んでいた。理由はもう——一つしかない。それを報告したときの徳永さんの声を、俺は忘れることはないだろうと思う」

「…………」

あのときか。瞬の脳裏《のうり》に、徳永が電話の応対に出ていたときのやるせない顔が蘇《よみがえ》る。

「罠を仕掛けはした——が、かからないことを誰より祈っていたのは徳永さんだったんだなと実感した瞬間だった。徳永さんは待っていたんだと思う。大原がすべてを打ち明けてくれることを」

小池の表情もまた、ひどくやるせないものになっていた。自分もきっと同じような表情を浮かべていることだろうと思いつつ瞬は、またも冷めてしまったコーヒーを一口飲み、はあ、と息を吐いた。

「大原はなぜ、伏見の言いなりになったんだ？」

小池に問われ瞬は、先ほど大原から聞いたばかりの話を小池に伝えた。

「そんなことがあったのか……」

小池は驚いていたが、すぐに首を横に振った。

「だからといって、許されることではないけどな」

「……そう……ですね」

頷いた瞬に小池が無理やりのように笑いかけてきた。

「人生のリセットはできない。いくら外見を変えようが、過去に自分がしでかしてしまったことはもう取り消せはしない。大原も身に染みてわかっただろう。やり直すチャンスはいくらでもあったということに」

「……そう……ですね」

頷いた瞬の頭に、大原の言葉が蘇った。

『刑事をやめたくない。それだけしか考えられませんでした。俺は刑事でいたかった』

あの言葉に嘘はなかったに違いない。大原は刑事で居《い》続けたかった。かつて犯罪に使われることとなった類稀《たぐいまれ》な自身の記憶力を正義に活かせることへの喜びは何物にも代えがたかったのだろう。

しかしそのために彼がしたことはやはり、警察官としては決してしてはならないことだった。

正義のために生きたかったというのになぜ彼は、正義とは真逆の行為をすることになったのか。瞬の胸の中のもやもやは、先ほどよりもより大きくなっており、『やりきれない』という以上の感情を持て余していた彼はまた、はあ、と大きく息を吐いた。

「飲みに行くか」

小池が手を伸ばし、瞬の肩をぽんと叩く。

「……徳永さんを待っていようかと思います」

徳永は今、何を思っているだろう。自分以上にやりきれない思いを抱いているに違いない彼が戻ってくるのを迎えたいと瞬が告げたちょうどそのとき、ドアが開きその徳永が室内に入ってきた。

「徳永さん」

「なんだ、小池、やはりここか」

呼びかけた小池に徳永が苦笑を返す。

「係長が探していたぞ」

「えっ。そうですか。しまったな」

小池は途端に慌て出すと、

「すみません、一旦戻ります」

と部屋を駆け出していった。

「あの……」

大原はどうなったのかが知りたくて、瞬はおずおずと徳永に声をかけた。

「飲みに行くか」

徳永がそう言い、瞬に笑いかけてくる。

今までに見たことのない、無理をして作った笑顔を前に瞬は一瞬、声を失った。が、すぐに自分を取り戻すと、

「行きたいです！」

と己の希望を告げ、徳永を真っ直ぐに見つめた。

「声が大きい」

いつもの返しをする徳永の顔には未だ、不自然な笑みが張り付いている。

今日はとことん飲もう。アルコールの力を借りて胸に巣くうこのモヤモヤを暫《しば》し忘れることにしよう。

そう思いながら瞬は「すみません」といつものように詫《わ》びたあとに、徳永同様、なんと

か作った笑顔を彼へと向け、

「小池もあとから呼んでやろう」

と告げる徳永に対し、何度も首を縦に振ってみせたのだった。

8

今宵《こよい》、徳永が瞬を連れていったのは、神保町の中華料理店でも警視庁近くのおでんの屋台でもなく、瞬も何度も訪れたことのある自身のマンションだった。

「なるほど。ここなら確かに心置きなく喋《しゃべ》れますもんね」

小池も間もなく合流し、三人は近所のコンビニで購入したつまみを前に、ビールで乾杯したのだった。

「大原の処分はどうなるんでしょう」

小池が緊張した面持《おもも》ちで徳永に問う。

「……辞める意思表示をすれば、懲戒《ちょうかい》にはならないかもな」

徳永がそう言い、缶ビールを一気に呷《あお》る。

「山下組を違法カジノの件で検挙できたのはある意味、大原のおかげでもありますからね。まあ結果論ではありますが」

小池の言ったとおり、彼の流した『偽情報』に山下組が食いついたおかげで、彼らが違法カジノにかかわっていることが明るみに出、山下組の組長は明日にも逮捕される見込みだという。

それを知ったときの徳永のリアクションがどこかほっとしたものであったことに、瞬はなんともいえない気持ちになった。

徳永は決してそのことで救われてはいないとわかったためである。

「それにしても、大原が伏見の言いなりになったのは残念です。もし彼にひとかけらの勇気があれば、山下組の連中ともども伏見は逮捕された上で、彼もまた自分の過去に決着をつけることができただろうに」

「『たられば』を語るのは空《むな》しいが、俺もそう思うよ」

徳永もまた頷《うなず》き、缶ビールを一気に飲み干すと、次の一缶を取りに冷蔵庫へと向かう。

「記憶力のよさを正義のために使えるのが嬉しいという彼の言葉に、嘘はなかったと思う。それまで彼は自分のためにしかその力を使っていなかった。伏見に脅され、悪用されるようになってからは自身のためにも使わず、ひたすら隠そうとしてきたに違いない」

キッチンから戻りながら徳永はそう言うと、缶ビールのプルタブを上げ、ビールを一口飲んだ。

「彼の能力はまさに『特殊』で、得がたいものだ。それこそ使い方によっては悪事も働ける。カジノで彼がしたことがまさにそれだ。しかしそれは望んだことではなかった。彼は正義のために役立てたかった……それだけに、本当に……」

徳永はここで言葉を切り、ビールを呷る。いつもよりもピッチが早いようだと瞬は思ったが、それだけやりきれない思いを抱えているということだろうと察し、彼もまたビールを呷った。

「カジノか……」

小池が呟《つぶや》いたあと、頭を掻《か》く。

「すみません、瞬から聞いたんですが、実はちょっとよくわかってなくて。どうして記憶力がいいとカジノで勝てるんです？　確率の問題ですか？」

「ブラックジャックというカードゲームを知っているか？」

徳永が問い、小池が、

「合計二十一になるやつでしたっけ？」

と自信なげに答える。

「そうだ。ディーラーとの勝負になるんだが、プレイヤーのカードは最初表向きに二枚配られ、ディーラーは一枚目は裏向き、二枚目は表向きにカードを置く。細かいルールは色々あるが、要はプレイヤーがディーラーより、合計二十一に近いカードを揃えれば勝ち、というゲームだ」

徳永の説明を聞くうち、瞬も思い出してきた、と映画で観た知識を口にする。

「確かディーラーは手持ちが十六以下だったらカードを足さなきゃいけなくて、十七以上なら逆に足しちゃいけないってルールがあるんでしたよね。となると、場に出たカードを全て覚えられたら残りのカードの大小の予測がつく。大分勝率が上がるということなんですね」

「瞬も詳しいな」

小池が感心してみせるのに、

「映画で観たことがあって」

と瞬は答え、そういえば、と言葉を続けた。

「大原さんも映画で観たことがあったと言ってましたね」

「『レインマン』か『ラスベガスをぶっつぶせ』か。カードカウンティングという手法はカジノでは禁止されているということは映画を観ればわかっただろうにな」

そう言い、徳永が肩を竦《すく》める。

「彼の場合は敢《あ》えてきょろきょろしなくても、視界に入ったカードは全て覚えられただろうから伏見にも利用価値ありと思われたんだろう。ラスベガスで最初に見つかったとき、伏見が救いの手を差し伸べなければ、大原も懲《こ》りて二度とやらなくなっただろうが……」

徳永はここで我に返った顔になると、

「今度は俺が『たられば』を語ってしまったな」

と苦笑した。

「伏見が悪いことにかわりはないですから」

小池が憤《いきどお》った顔になるも、やがて溜め息を漏《も》らす。

「にしても、脅しに屈したのは大原なわけなんですけどね」

二十歳《はたち》の若者がヤクザにロックオンされては、逃げることができなかった気持ちはわからないでもない。そのタイミングで父親が余命幾《いく》ばくもないとわかれば尚更、警察に駆け込む勇気は挫《くじ》けただろう。

気持ちはわかるのだが、と瞬は手の中の缶ビールを飲もうとし、既に空けていたことに気づいた。

「すみません、もう一缶、もらいます」

「断らなくていいぞ」

声をかけた徳永にそう言われ、瞬は「ありがとうございます」と礼を言ってキッチンへと向かった。

人間は何があろうと、過去に立ち戻ることはできない。なのでそれこそ『たられば』を想定すること自体、無駄ではあるが、それでも『もしあのとき』と考えてしまうのは未練だろうか。

もし、大原が伏見に声をかけられたことを、徳永や自分に打ち明けていれば。

いや——銀色のビールの缶を見つめる瞬の頭にまた、『あの考え』が浮かぶ。

もしも自分が気づいた時点で大原を問い質《ただ》していたら、彼はその時点で思い留まることができたかもしれない。

胸にも宿るもやもやした思いの正体は、これだ、と瞬は一人頷いた。宿り続けているのは、もしかしたら大原を救うことができたかもしれないという後悔《こうかい》だった。

罠をしかけたことへの後ろめたさもあった。しかけたのは徳永ではあったが、『知っていた』のだから立場は同じである。

「どうした？」

いつまでもダイニングに戻らなかったからだろう。案じたらしい徳永がキッチンに入ってきて、瞬に声をかける。

「いえ……」

　瞬は首を横に振りかけたが、問わない限りこのもやもやは消えていかないだろうと思い、改めて徳永に問うてみることにした。

「俺が伏見に気づいた時点で、直接大原さんに問い質せば、大原さんは思い留まることができたんじゃないかと、どうしてもそう考えてしまいます」

「それでは駄目なんだ」

　徳永はあたかも瞬がそう言い出すことを予測していたかのように、少しも考える素振りを見せることなく、そして意外そうな顔をすることもなく即答した。

「何が駄目なんですか」

「警察官にとって何が一番大切か——お前はなんだと思う？」

「え……？」

　話題を変えられたのかと思い、瞬は一瞬、戸惑った。徳永に限っては話を逸《そ》らすなどといったことをするはずがない。ということは、同じ話題なのかと思いながらも瞬は、今の問いに答えるべく思考を巡らせた。

「俺は……正義の心、だと思います。犯罪から人を、街を守るのに大切なのはやはり、正義の心かなと」

「正義。そうだな」

徳永が満足そうに微笑《ほほえ》む。

「俺が一番大切だと思うのは、自分が警察官であるという自覚だ。朝起きてから夜寝るまで。非番の日であっても自分は警察官なのだという自覚を常に持つ」

「自覚……」

思わず徳永が告げた言葉を繰り返した瞬に向かい、徳永は「そうだ」と頷き、言葉を続ける。

「常に警察官という自覚を持っていれば、自ずと行動や思考は定まってくる。すべきこと、すべきではないことの判断が、思考するより前にできるようになるはずだ」

「……大原に『すべきこと』を判断させるチャンスを徳永さんは与えたんですね」

と、二人が戻ってこなかったからだろう、小池もまたキッチンへとやってきて、会話に入ってきた。

「そして大原はそのチャンスを活《い》かせなかった」

「そうだ」

徳永は小池に対して頷くと、抑えた溜め息を漏らした。

「三人でこんな狭いキッチンにいることはない。戻ろう」

笑顔でそう告げる徳永の表情にはやはり、無理をしているのではないかと思えるようなつらさがあった。

「前に適性と能力の話をしましたね」

小池が思い出しつつ、そう話を振ってくる。

「能力があっても適性がなければ刑事でいる資格はない……そういうことなんですね、きっと」

「大原の、自分の能力を正義のために役立てたいという気持ちに嘘はなかったと信じている。警察官になるのが夢だったという思いにもな。適性は生まれついての性格というよりは、『自覚』によって生まれるものだ。大原にはそれが欠けていた。残念だがな」

最後のほうはほぼ、独り言のような口調となっていた徳永の言葉を聞くうちに瞬は、自身の胸の中に渦巻《うずま》いていたもやもやとした気持ちが次第に収まってくるのを感じていた。

徳永の『残念だ』という言葉は、大原の類稀《たぐいまれ》な記憶力という『能力』に関してではなく、大原が警察官としての自覚を持つことができなかったことに対するものであるとわかる。

大原に立ち止まるチャンスを与える。そのために敢えて『罠』をしかけ、瞬には何もするなと命じた。

もし自分が大原に働きかけた結果、彼が伏見からの脅迫《きょうはく》を打ち明けたとする。それでは駄目だったのだ。手を差し伸べねば悪に屈するようでは、『警察官』の適性はない。次にまた新たな魔の手が襲ってきたときに撥《は》ねつけることができるのか。大切なのは己の気持ちの強さ、すなわち警察官としての『自覚』だ。

「……飲もう」

いつしかしんと静まり返っていたリビングダイニングに、徳永の敢えて作った明るい声が響く。

「そうですね。今日は帰ることを気にしなくていい。徳永さん、電車なくなったら泊めてください」

小池もまたわざとテンションの高い声を上げ、瞬に対しても、

「お前も飲め」

と笑いかけてくる。

「はい！」

「声が大きいぞ」

元気よく返事をした瞬に、徳永がいつもの注意を促してくる。

みんなが少しずつ、無理をしている。しかしお互いに指摘し合うことはない。それでいいのだ、と心の中で呟《つぶや》くと瞬は、

「すみません！」

とより大きな声を上げ、徳永の再度の注意を誘おうとしたのだった。


酔い潰れて寝てしまった小池を残し、瞬は一旦、家に帰ることにした。

「大丈夫か？」

お前も泊まっていくといいと徳永は勧めてくれたのだが、翌朝のことを考えると、家に戻っておいたほうが仕度《したく》が楽だと考えたのだった。

「タクシーで帰るので大丈夫です」

「呼んでやろうか」

「いえ、通りで拾います」

案じてくれる徳永の申し出を固辞し、瞬は「失礼します」と頭を下げて徳永宅をあとにした。

タクシーはすぐにつかまり、家の場所を告げると瞬は、車窓《しやそう》から暗い街中の光景を見るとはなしに見やっていた。

　明日、出勤したらどういう状況が待ち受けているのだろうか。溜め息が出そうになるのを唇を引き結んで堪《こら》え、尚も外を見つめる自身の顔が車窓に映っている。

『いいチームにしよう』

　徳永が明るく笑ってそう言ったのはほんの数日前のことだった。見た目こそ『パリピ』よろしく、真っ黒に日焼けした肌や茶髪というものだったが、明るくサービス精神も旺盛《おうせい》な上に、見た目を裏切る謙虚な性格をしている大原は本当に人好きがする性格で、抗《あらが》えない魅力があった。

　あっという間に三人もの指名手配犯を見つけ出し、逮捕に導いた。彼の見当たり捜査の能力も素晴らしいものだった。

　それだけに――またも溜め息をつきそうになり堪えた顔が車窓に映る。

　明日、出勤したときには警視庁内が騒然となっている可能性が高い。対応に追われるであろう徳永のフォローができるよう、心しておこう、と瞬は気持ちを切り替えると、敢えて思考を手放し、到着までの間眠ることにしたのだった。

　家に帰りついたときには深夜三時を越えていた。

「遅い」

「まだ起きてたことにびっくりだよ」

リビングでは佐生がパソコンに向かっており、瞬を驚かせた。

「酒臭《さけくさ》いな」

「悪い、邪魔して」

謝り、自分の部屋へ行こうとした瞬の背に佐生が声をかけてくる。

「どうした？　なんかあったか？」

「……まあね」

さすがに今回のことは明かせない。ごまかそうとしたのがわかったのか佐生は、

「まあ、元気ならいいけどさ」

と言ったかと思うと、

「水、飲む？」

と珍しく瞬を労《いたわ》ってきた。

「仕事してるんだろう？」

大丈夫だ、と瞬は断ろうとしたのだが、

「ちょうど煮詰まっているときだから大丈夫」

休憩する、と佐生は笑い、瞬のために冷蔵庫からミネラルウォーターのペットボトルを持ってきてくれた。

「ありがとう。煮詰まってるって?」

自分の話はできないが、佐生の悩みを聞くことにしよう、と問いかける。

「あ、間違った。『煮詰まる』は肯定的な意味だった。なんだっけな……ああ、行き詰まる、だ。校正で注意されたばっかりなんだよ」

「校正ってことは、いよいよ雑誌に載るんだな」

以前、原稿が掲載される行程についてそんな説明を受けたことがあった、と瞬は思い出し、佐生に向かって右手を差し出した。

「おめでとう! 絶対買う!」

「ありがとう。でも買わなくてもいいよ。献本くるから」

「いや、買うよ。叔母《おば》さんもきっと買うだろうな。十冊以上買って配り歩く姿が目に浮かぶ」

「勘弁してよ。短編が載るだけなんだから」

嫌そうな顔になってはいたが、佐生は充分嬉しそうに見える、と、瞬もまた明るい気持ちになっていった。

「祝杯をあげよう」

「駄目だよ。著者校正中なんだ」

「あ、そうか。じゃあ終わったら祝杯あげよう。邪魔してごめん」

「邪魔じゃないって言ってるだろ」

佐生は言ったあとに、「なんだかさ」と溜め息交じりに話し出す。

「著者校正してると、本当にこれ、面白いんだろうかとどんどん不安になっていくんだ。それで落ち込むというか」

「嘉納さんからオッケーでたんだろ？　なら心配することないんじゃないか？」

リテイクリテイクと、何度も突き返されたと知っているだけに、それだけ厳しい担当編集が認めたのであれば案じることなどないのでは、と瞬が告げるのに、

「そう思いたいんだけどさ」

と佐生が首を横に振る。

「……いよいよ雑誌に載ることで、ナーバスになっているだけなのかもしれないけど、不安なんだよ。掲載までにこんなに手がかかるなんて、作家としての才能がないんじゃないかとかさ」

「才能があるから嘉納さんが力を入れてくれてるんじゃないのか？」

見どころがなかったらそんなに手をかけてもらえるはずがないと思うのだが、と、返した瞬を見て、佐生が溜め息をつく。

「……才能があるといいなと思う。瞬はものすごい才能の持ち主で羨《うらや》ましいよ」

「……才能……」

人の顔を忘れないというのは『特殊能力』と認識されるということが、瞬にもわかってはいた。言い換えれば『才能』ということになるのだろう。

自覚していなかっただけに『才能がある』と言われてもピンとは来ないが、今の仕事に活《い》かせていることは間違いない。

「才能……か」

もし。もしも自分がこの『才能』を自覚していたとしたらどうだろう。

何かに役立てたと考えただろうか、と瞬が思ったのは、大原のことを思い浮かべたからだった。

「あ、ごめん。嫌みっぽかった？」

瞬が黙り込んだことを、不快になったととったらしい佐生がバツの悪そうな顔になる。

「いや。嫌みとは思わなかった。才能ってなんなんだろうなと考えただけで」

もし佐生が自身の『小説を書く才能』を充分自負していたとしたら、どんな感じになったのか。悩むことはなくなったんだろうか。彼の性格からして、どれだけ才能があったとしても悩まずにはいられないような気がするのだが、と瞬は佐生を見やった。

「目に見えるとか、数値にできるとわかりやすいよな。瞬のはわかりやすいと思う。あ、あと、最近配属されたスキャナーみたいな記憶力持つ人も」

「……っ……」

期せずして大原の話題となったことで、瞬は思わず息を呑《の》んだ。

「ん？　どうした？」

意外なリアクションだったからか、佐生が問いかけてくる。

「いや……なんでもないんだけど」

「そう？」

瞬が言葉を濁《にご》したことで何かを察したらしく、佐生は話を変えてきた。

「とはいえ、努力で同じレベルまで能力を高めている徳永さんも凄《すご》いと思う。努力する才能があるってことなのかな」

「努力の才能……というか、それは『努力』なんじゃないのか？」

「あ、そうか」

瞬の突っ込みに佐生が頭を掻《か》く。

「確かに。努力できることも才能とか言ったら、努力している人に失礼だ。俺ももうちょっと努力してくる」

「頑張れ」

「うん。頑張る」

笑顔で立ち上がり、パソコンを置いているリビングへと向かっていった佐生を見送る瞬の頬《ほお》には、気づかぬうちに笑みが浮かんでいた。

そう。頑張るのみだ。

幸いなことに自分の『才能』は今の仕事に適している。それなら一層努力し、結果を出せるよう頑張ればいい。

そのためにも早く寝て明日に備えることにしよう。頷《うなず》き立ち上がった瞬の胸には、今まで以上のやる気が燃え盛っていた。

9

翌日、出勤した瞬が目にしたのは『いつもの』朝の光景だった。

「おはよう」

何事もなかったかのように、コーヒーを手にした徳永が迎えてくれる。

「おはようございます」

瞬も挨拶《あいさつ》を返したあとに、

「小池さんは？」

と尋ねると、徳永は見ていたファイルから顔を上げ肩を竦《すく》めてみせた。

「一緒に出勤した。起こすのが一苦労だった」

「随分《ずいぶん》飲んでましたしね」

徳永が小池を叩き起こしているさまを想像した瞬はつい噴き出してしまった。と、そのとき、ドアがノックされ、直後に開く。

「おはようございます」

「……っ」

現れた男の姿を見て、瞬は息を呑んだが、徳永は実に淡々としていた。

「おはよう」

徳永が挨拶を返した相手は──大原だった。

昨日と同じように彼が出勤するとは思っていなかった瞬が戸惑っているのがわかったのか、大原は瞬をちらと見たあと、姿勢を正し、声を発する。

「退職の挨拶に参りました。短い間でしたが、お世話になりました」

そう言い、深く頭を下げる大原に対し、瞬はやはり何を言うこともできずにいた。

「そうか」

一方、徳永は実に淡々としているように見える。声音《こわね》には少しの動揺《どうよう》も現れてはいない、と瞬は思わず彼へと視線を向けてしまった。

「徳永さんにも……そして瞬にも、多大なるご迷惑をおかけし、本当に申し訳ありませんでした」

更に深く頭を下げ、謝罪をして寄越した大原に対し、相変わらず淡々とした口調のまま徳永が尋ねる。

「これからどうする？」

「何も決めていません。幸い心配をかける家族もいないので、これからどのようにして生きていくか、ゆっくり考えたいと思います」

そう告げた大原の顔には、これでもかというほどの罪悪感が漲《みなぎ》っているように瞬の目には映っていた。

「本来であれば懲戒免職《ちょうかいめんしょく》となってもおかしくないところを、徳永さんが情状酌量《じょうじょうしゃくりょう》をと働きかけてくれたと、捜査一課長に聞きました。何から何まで本当に申し訳ありません。ありがとうございました」

大原はそう言うと徳永の前で一層深く頭を下げた。

そうだったのか——思わず瞬は徳永を見た。視線に気づいたらしく、徳永はちらと瞬を見たあと、視線を大原へと戻し、再び口を開いた。

「何かあてはあるのか」

家族のいない大原の身を案じているのだろう。口調に感情は表れていなかったが、瞬には彼の心情がわかる気がした。

大原がゆっくりと頭を上げ、少し考える素振りをしたあとに話し出す。

「……まったくなじみのない土地にいって、自分にできることを探すつもりです。二度と過ちは犯さないと、それだけは誓います。絶対に道を踏み外すようなことはしません。自分の特殊な能力も封印するつもりです」

「そうか」

自戒《じかい》の念がこれでもかというほどこもった大原の言葉に対し、徳永の返しはやはり淡々としたものだった。

瞬は大原に何か言葉をかけたかったが、何を言っていいかがわからず、口を閉ざしたままでいた。

「徳永さんにも瞬にも、大変お世話になりました。本当に短い間でしたが、やり甲斐《がい》のある日々でした」

「大原」

ここで徳永が声をかける。

「はい……っ」

一気に緊張感溢《あふ》れる様子となった大原を真っ直ぐに見据え、徳永は口を開いた。

「十四年間、身を隠していた指名手配犯を逮捕することができたのはお前がこの『特能』に配属されたからだ。あとの二名逮捕も、お前がいたからこそだった。お前がここにいたことには意味があった。そのことに関しては堂々と胸を張っていい」

「……っ。あ……りがとうございます」

それを聞いた大原は息を呑《の》んだあと、一層深く頭を下げた。彼の声が涙に震えていたことは瞬にも伝わっており、瞬もまた胸を熱くしていたのだが、徳永の口調はあくまで、淡々としたものだった。

「落ち着いたら連絡をくれ。そして、何かトラブルに巻き込まれそうになったときには遠《えん》慮《りょ》なく我々を頼れ。お前の能力を利用したいと思う輩《やから》は多いだろうからな」

「ありがとうございます。本当に……ありがとうございます」

大原は何度も徳永と瞬に頭を下げたあとに、

「それでは失礼します」

と挨拶《あいさつ》をし、部屋を出ていこうとした。

「あの……っ」

結局一言も返せていなかった。せめて挨拶を、と瞬はそんな彼の背に声をかけた。

「瞬、頑張れよ」

振り返り、笑顔を向けてきた大原は、部屋に入ってきたときとはまるで違う、吹っ切れた表情となっていた。

「はい！　頑張ります！　本当にお世話になりました！」

たった数日ではあったが、間違いなく大原は『仲間』だった。できることならこのまま『いいチーム』として過ごしていたかったと願うあまり、瞬の声はついいつも以上に大きなものになっていた。

「また怒られるぞ。『声が大きい』と」

そんな彼に大原は笑ってそう言うと、もう一度、

「頑張れ」

とエールを口にし、踵《きびす》を返した。バタンとドアが閉まる音がすると同時に視界から大原の背が消える。

「…………」

意識するより前に、瞬の口からは溜め息が漏《も》れてしまっていた。

「今日は渋谷にするか」

そんな彼に徳永がいつもとかわらぬ様子で声をかけてくる。

「三十分後に出る。いいな」

「はい。わかりました」

返事をし、コーヒーを飲んで集中力を高めようとバックヤードに向かおうとした瞬の耳に、抑えた徳永の溜め息が響いた。

徳永もまた、『いいチーム』が実現しなかったことを悔《く》やんでいるのかもしれない。しかし結果は出てしまった。これからは三人ではなく二人に戻り、見当たり捜査を続けていくしかない。

頑張るぞ、と自身を鼓舞しつつ、瞬はコーヒーを淹《い》れると自席へと戻り、ファイルを捲《めく》り始めた。

ぱっぱっと、物凄《ものすご》いスピードでファイルを捲っていた大原。彼のデスクはまだ室内にある。しかし彼がその席に座ることはない。

彼はどこで間違えてしまったのだろう。学生時代、ラスベガスのカジノで己の記憶力を試そうとしたときだろうか。暴力団員の伏見に命じられ、マカオのカジノでその能力を使ってしまったときか。人生をやり直そうと関西の大学に入り直したにもかかわらず、伏見と再会してしまったあとに、彼の脅迫《きょうはく》に屈してしまったときだろうか。

もし彼が、己の能力を『特殊』と自覚していなかったとしたら、過ちを犯すことがなかったのかもしれない。何度となく巡らせていた思考のループに再び入ってしまっていた瞬に徳永が声をかけてくる。

「手が止まっているぞ」

「あ、すみません」

ページを捲る手は確かに止まっていた。これから見当たり捜査に向かうというのに、ぼんやりしている場合ではなかった、と謝罪をした瞬に徳永が問うてきた。

「何を考えていた？」

「あ、特殊能力のことを……」

「ほう」

興味深げな声を上げる徳永に、たいしたことではないのだ、と瞬は焦って言葉を足した。

「もしも大原さんが、自分の能力を『特殊』だと自覚していなければ、いろいろ違ってきたんじゃないかと、そんなことを考えていただけなんです」

「どうだろうな」

聞いた徳永が首を傾《かし》げる。

「それこそ、適性の問題ではないかと思うぞ」

「適性？」

どういう、と問いかけた瞬に徳永が逆に問いかけてくる。

「お前の能力も充分特殊だが、それを自覚したあとも見当たり捜査以外に役立てようとは考えていないだろう？」

「……はい。見当たり捜査以外に役立つとも思えませんし」

それ以外の使い道など、考えたことがない、と告げた瞬の前で徳永が苦笑めいた笑みを浮かべてみせる。

「それが『適性』だ。商売っ気のある人間なら、一山当てられると考えそうな能力であるのに、お前はそれを正義のためだけに役立てようと考えている。お前は根っからの刑事だという証《あかし》だよ」

「……はあ……」

正直、徳永の言うことは瞬にとっては当然すぎてピンときていない部分もあった。人の顔を覚えていることで『一山当てよう』と考えたこともなければ、当てられるとも考えていない。

しかし『根っからの刑事』と言われたことは嬉しい、と笑顔となった瞬を見て、徳永はまた苦笑めいた笑みを浮かべたが、話をこれ以上引っ張ることはせずに、

「集中していけ」

と注意を促すだけで終わった。

「はい！」

返事をし、改めてファイルを読み始める瞬の耳に、徳永の感慨《かんがい》深げな声が響く。

「いいチームだ。今でも充分」

「はいっ」

自分もそう思う。返事をする声が自分で思っていた以上に高くなってしまったのは、思いの強さゆえだった。

きっとまた注意されるに決まっている。身を竦《すく》めた瞬の耳に、やや照れくさそうな徳永の声が届く。

「声が大きい」

「すみません」

いつもどおりのやりとりが瞬にとって、そしておそらく徳永にとっても、得難いものであることを自覚しつつ、瞬もまた『いつもどおり』を演じてみせる。

「三十分後に出るぞ」

「はい！」

元気よく返事をした瞬の目に、徳永の安堵《あんど》したような笑みが映る。

この先、何があろうと彼の顔を曇らすことはすまい。もっとも信頼できる上司の期待に応えることのみ、考えていくことにしよう。瞬は一人拳を握り締め、心の中でそう誓いを立てたのだった。

　ひと月ほどして、大原から徳永と瞬宛《あて》に画像つきのメールが届いた。

『徳永さん、瞬、お元気ですか？　俺は今、沖縄にいます。後継者不足で悩んでいたさとうきび畑で働くことになりました』

「沖縄！」

　どうして沖縄、と戸惑うばかりだった瞬の前で徳永が、

「あいつらしいな」

　と苦笑する。

『一から学ぶ農業は本当にやり甲斐があり、毎日が輝いています。徳永さんも瞬も、是非《ぜひ》、沖縄に遊びに来てください。お待ちしています！』

　サトウキビ畑を前に、老夫婦と並んで写っている大原は、相変わらず日焼けをしていたが、髪は短く切られ、『パリピ』風にはとても見えなかった。

　彼の笑顔が明るいことが嬉しい、と、写真を見つめていた瞬の耳に、徳永のしみじみとした声が届く。

「よかったな。早速やり甲斐を見つけることができて」

徳永の言葉に瞬は、心から同意をするあまり、思わず大きく頷《うなず》いてしまった。

「はい！　沖縄に会いに行きたいです！」

「休暇が取れたら行こう」

徳永はいつものように『声が大きい』と注意をしてくることはなかった。微笑《ほほえ》み、誘ってくれた徳永に大きく頷く。

「是非！」

「しかし二人して休むことはできないから、行くのは別々になるか」

徳永の指摘に瞬は、

「あ」

と思わず声を漏《も》らし、がっくりと肩を落とす。

「……そうですね……」

できることなら二人して大原のもとを訪れたかった、と落胆《らくたん》する瞬の耳に、笑いを堪《こら》えた徳永の声が響く。

「冗談だ」

「え？」

一緒に休めるのだろうかと、顔を上げた瞬に対し、徳永がニッと笑いかけてくる。

「見当たり捜査は現在進行中の事件の捜査ではないからな。課長に二人して休暇を申請したとしても許可が下りるのは間違いない。それに」

ところで徳永の目が心持ち厳しくなる。

「お前には単独での捜査を禁止している。一人で出勤したところで何ができるのかと、突っ込まれるのを待っていたんだがな」

「あ、そうでした！」

言われるまで気づかなかった、と声を上げた瞬を前に、徳永がやれやれといった顔になる。

「しっかりしてくれ」

「すみません……」

反省し、項垂《うなだ》れた瞬の肩に徳永の手が乗せられる。

「そういったわけだから。落ち着いたら一緒に沖縄に行くことにしよう」

「はいっ！」

嬉しさからつい声を弾ませた瞬に対し、徳永は苦笑めいた笑みをうかべてみせ、口を開く。

「その頃には、大原はより日焼けをしているだろうな」

「確かに。真っ黒でしょうね。そして関西弁じゃなくて沖縄弁を喋《しゃべ》ってる」

「順応性は高そうだったからな」

笑う徳永が心の底から楽し気に見えることに、瞬もまた楽しくなり笑ってしまう。

「『なんくるないさー』とか、普通に言ってそうですよね」

「はは。いかにも言いそうだな」

徳永の笑みに瞬もまた笑いを返す。

「本当に……よかったです」

「ああ。そうだな」

大原が今、満ち足りた人生を歩んでいることが嬉しい。知らせてきたのはその証だと思うから。

頷いた徳永に頷き返す瞬の胸に、安堵《あんど》と共にこの上ない幸福感が広がってくる。

「我々も今日の仕事に取り掛かることにしよう！」

「はい！」

尚も声を弾ませた瞬に対し、徳永がいつもの返しをしてみせる。

「声が大きい！」

「すみません！」

それすらも嬉しい、と笑いそうになるのをこらえ、頭を下げる。そんな瞬に徳永は、この上ないほど慈愛《じあい》に満ちた笑みを浮かべてみせたあとに、

「行くぞ」

と号令をかけ、瞬が今なすべきことへと彼を導いてくれたのだった。

※この作品はフィクションです。実在の人物・団体・事件などにはいっさい関係ありません。

集英社オレンジ文庫をお買い上げいただき、ありがとうございます。
ご意見・ご感想をお待ちしております。

● あて先
〒101-8050　東京都千代田区一ツ橋2-5-10
集英社オレンジ文庫編集部 気付
愁堂れな先生

抗えない男
～警視庁特殊能力係～

集英社
オレンジ文庫

2021年1月25日　第1刷発行

著　者　愁堂れな
発行者　北畠輝幸
発行所　株式会社集英社
〒101-8050東京都千代田区一ツ橋2-5-10
電話【編集部】03-3230-6352
【読者係】03-3230-6080
【販売部】03-3230-6393（書店専用）
印刷所　凸版印刷株式会社

※定価はカバーに表示してあります

ISBN 978-4-08-680362-5 C0193